Tatsächlich ... Liebe

Roman zum Film
von Philip O'Connor
nach einem Drehbuch
von Richard Curtis

GOLDMANN

Originalausgabe

Umwelthinweis:
Alle bedruckten Materialien dieses Taschenbuches
sind chlorfrei und umweltschonend.

1. Auflage
Originalausgabe Dezember 2003

Umschlaggestaltung: Design Team München
Umschlagfoto: © 2003 Universal Studios.
All rights reserved.
Satz: DTP-Service Apel, Hannover
Druck: Elsnerdruck, Berlin
Titelnummer: 45601
Redaktion: Alexander Groß
An · Herstellung: Sebastian Strohmaier
Made in Germany
ISBN 3-442-45601-0
www.goldmann-verlag.de

Prolog

Der Kerl schwitzte. David Farley schwankte zwischen Mitleid und Schadenfreude, während er seinen Konkurrenten beobachtete. Die Studioscheinwerfer setzten dem Mann zu, na klar. Ein paar tausend Watt machten verdammt heiße Luft. Und dann die Kameras! Kuhaugen glotzten gefühlvoller; bei denen spürte man wenigstens echte tierische Neugier, wenn man am Weidezaun vorbeikam, oder die bettelnde Frage: »Hast du was zu fressen für mich?« Dagegen waren die Glotzaugen der fünf Fernsehkameras auf eine kalte, unbarmherzig fordernde Weise neugierig, und ihre Nahrung verlangten sie mit der überheblichen Gewissheit, dass niemand es wagen würde, sie ihnen zu verweigern – am allerwenigsten ein Kandidat für das höchste Amt der Nation.

Denn diese kuhäugigen Monster auf ihren fahrbaren Stativen wussten, wen sie hinter sich hatten. Eben jene Nation. Und die hatte ein Recht darauf, ihren TV-Nahrungsbrei vorgewürgt zu bekommen – zubereitet aus schmackhaften Worten, garniert mit gnadenlosen Nahaufnahmen vom Haarwuchs in den Nasenlöchern, von krebsrot angelaufenen Ohren, von nervös zuckenden Mundwinkeln oder anderen Gesichtsteilen, von fuchtelnden Händen, von wippenden Beinen oder von maßgefertigten Schuhen, die den Takt des gesprochenen Worts traten, als würde der Kandidat in seinem Stamm-Jazzclub sitzen und nicht auf dem heißesten Stuhl, den die BBC anzubieten hatte. Dabei wirkten sie rein äußerlich durchaus gemütlich, diese beiden hochbeinigen, ledergepolsterten Sitzmöbel, deren Design aus Elementen von Barhocker und Cocktailsessel gemixt worden war. Und doch waren es Duellmöbel. Plätze, auf denen zwei zu allem entschlossene Männer sich den verbalen Todesstoß geben würden, wenn es ihnen denn gelang. Einer von beiden war der zukünftige Premierminister. Ihr Fernsehduell am Vorabend der Wahl war der Stoff für Rekord-Einschaltquoten.

John Purdue, der Moderator, thronte hinter einem Schulmeister-Pult, von zwei Kameras flankiert. Er wachte über das Wortgefecht wie ein Sekundant über den Schusswechsel im Morgengrauen. Das konnte einem schon den Schweiß aus den Poren treiben. Insbesondere, wenn man James Bartholomew Eggleston hieß und achtzehn Jahre mehr auf dem Buckel hatte als sein junger, dynamischer Gegenkandidat David Farley. Da half es nur wenig, wenn man sich kumpelhaft »JB« nennen ließ, sooft der Wahlkampfzirkus dazu Gelegenheit bot. Dem armen JB fehlte der positive Gesamteindruck; seine Argumente kamen denkbar schlapp rüber, selbst wenn sie eigentlich schlagkräftig waren. David hebelte so was allein mit seinem Lächeln aus, das sowohl die weibliche als auch ein gewisser Teil der männlichen Bevölkerung Großbritanniens in Umfragen als »jungenhaft« (dreiundvierzig Prozent), »süß« (zweiundzwanzig Prozent), »sexy« (neunzehn Prozent), »Schwindel erregend« (zehn Prozent) oder schlicht als »atemberaubend« (sechs Prozent) einstufte.

David überlegte, ob er JB etwas von der Tragik Richard Nixons zugestehen sollte, der damals, beim legendären Duell gegen John F. Kennedy, so unausgeschlafen gewesen war. Hatte Tricky Dick nicht auch vor laufender Kamera geschwitzt? David grübelte nicht erst darüber nach; der Vergleich mit Nixon war zu viel der Ehre für JB.

Eigentlich sah er aus wie einer, der drauf und dran war, sich um Kopf und Kragen zu reden. Jeden Moment konnte es so weit sein. Dann nämlich, wenn er mal wieder den Faden verlor. Dann würde ihm nur noch Silbensalat aus dem Mund quellen. Sachen wie »Bla bla« und »Ga ga« würden aus der Öffnung dieser blasswulstigen Karpfenlippen strömen und sich im Grunde nicht anders anhören als Sätze wie: »Die augenblickliche Lage erfordert ein Umdenken von uns allen, insbesondere aber von uns verantwortungsbewussten Politikern, die wir mehr denn je konfrontiert sind mit gesellschaftlichen Veränderungen in einem Maße, wie wir es uns noch vor zehn Jahren nicht hätten träumen lassen.«

David blickte zu ihm hinüber und versuchte, mit seinem Mienenspiel all das auszudrücken, was er seinem Millionenpublikum schuldig war: hellwache Aufmerksamkeit, fachmännische Überlegenheit, sportliche Fairness, Respekt vor dem politisch Andersdenkenden, freundliche Bereitschaft zum Kompromiss – zugleich aber auch die aggressive Entschlossenheit, den Kerl mit dem nächsten Wortkonter in der Luft zu zerreißen. Also nur mal kurz reinhören in den Schwall von nebenan: »... sage ich deshalb vor diesem ernsten Hintergrund nicht erst hier und nicht erst heute, die Zeit der leeren Worte und der nicht eingehaltenen Versprechungen muss für immer der Vergangenheit angehören. Es muss wieder Verlass sein auf das, was ein Mann – und insbesondere ein Politiker – seinen Mitbürgern gegenüber ...«

David schaltete sein Gehör aus und beschränkte sich aufs Betrachten. Zwischen dunkelroten Ohren und zuckenden Gesichtsmuskeln öffnete und schloss sich dieser bleiche Mund wie beim Überlebenskampf eines Karpfens auf dem Trockenen. Wo war die gute Fee, die ihn wachküsste? Gab es sie überhaupt? Gab es die treu sorgende Ehefrau, die zu Hause wartete, um JB nach einem harten Politiker-Arbeitstag in die Arme zu schließen? David musste vor sich selbst zugeben, dass er sich mit dem Lebenslauf seines Konkurrenten nicht sehr intensiv beschäftigt hatte. Ob er nun verheiratet war oder nicht, es musste zumindest Menschen geben, die ihn mochten oder sogar liebten. Seine Eltern, falls die noch lebten, oder seine Brüder, seine Schwestern …

Während JB seine Redezeit ungestraft überziehen durfte, ließ David sich in seine Gedanken versinken, ließ das immer währende Rätsel der Liebe alle anderen Überlegungen aus seinem Bewusstsein verdrängen, und so wandte er sich vor seinem geistigen Auge an eine imaginäre Zuhörerschar, die überwiegend weiblich war und ihn wie immer anhimmelte. »Jedes Mal, wenn ich wegen des Elends der Welt in eine trübe Stimmung gerate, denke ich an den Ankunfts-Terminal in Heathrow …« Er beschrieb das Bild, das er meinte – die unterschiedlichsten Paare und Gruppen von Menschen, wie sie sich beim Wiedersehen in die Arme fielen und herzten und küssten und voller Zuneigung und wärmster Gefühle füreinander waren –, und fuhr dann fort: »Die meisten Menschen sind heute offenbar davon überzeugt, dass wir mehr und mehr in einer Welt des Hasses und der Habgier leben. Aber ich sehe das anders. Mir scheint, die Liebe ist überall. Oft ist sie nicht ausgesprochen würdevoll oder erwähnenswert, aber sie ist immer vorhanden – bei Vätern und Söhnen, Müttern und Töchtern, Ehemännern und Ehefrauen, Freunden und Fremden. Als die Flugzeuge ins World Trade Center einschlugen, enthielten die Telefongespräche der todgeweihten Menschen keine Botschaften von Hass oder Rache. Es waren alles Botschaften der Liebe. Wenn Sie darauf achten – diesen aberwitzigen Verdacht habe ich –, werden Sie feststellen, dass die Liebe tatsächlich allgegenwärtig ist …«

All you need is love

Buntes Licht durchflutete die Kathedrale in allen Farben des Regenbogens. Die Sonne colorierte das Kirchenschiff wirkungsvoller als modernste Disco-Effekte. Schräg von oben stachen die Lichtstrahlen durch die Fenster, deren buntes Glas sie färbte. Blau kreuzte sich mit Rot, Rot mit Grün und Grün mit Blau. Die Staubpartikel über den Köpfen der vielen festlich gekleideten Menschen bildeten schimmernde Felder in Schattierungen von Gelb bis Lila.

Peter kam sich klein und unbedeutend vor in dem Ehrfurcht gebietenden Gotteshaus, obwohl er heute die Hauptperson war. Die Künstler längst vergangener Jahrhunderte hatten weder Elektrizität noch Elektronik gebraucht, um Licht und Farben miteinander spielen zu lassen. Okay, sie hatten die einfallenden Strahlen nicht bewegen können, waren nicht in der Lage gewesen, sie tanzen zu lassen. Und das Ganze hatte auch nur bei Tage funktioniert, wenn keine Wolken am Himmel standen. Aber abgesehen davon war es eine grandiose Leistung gewesen, die sich hinter heutigen lichttechnischen Standards nicht verstecken musste.

Peter versuchte, sich auf das Wesentliche zu konzentrieren, auf das Fundamentale des Augenblicks und die monumentale Aura des Ortes, an dem er sich befand – eben die Tatsache, dass er in wenigen Minuten ein verheirateter Mann sein würde.

Noch war er das, was man einen Bräutigam nannte. Die äußerlichen Voraussetzungen – mit Gehrock und hochzeitsadäquater Fliege – erfüllte er perfekt und mühelos, ebenso wie Mark Doherty, sein bester Freund, der ihm in dieser bedeutungsschweren Stunde beistand und das war, was man einen Trauzeugen nannte. Es kam ihm merkwürdig und fast surrealistisch vor, dass Mark und er diese Rollen spielten, die sonst bei Hochzeiten immer nur andere gespielt hatten. Stets waren sie selbst lediglich Gäste gewesen – Freunde oder Verwandte jener Glücklichen vor dem Traualtar. Plötzlich selbst an der Reihe zu sein, hatte schon etwas Überwältigendes, Schwindel Erregendes, Unfassbares.

Doch immer wieder ertappte sich Peter dabei, dass seine Gedanken zu Nebensächlichkeiten abwanderten. Wusste er nicht zu würdigen, was mit ihm geschah? War er womöglich gar nicht reif für die Institution der Ehe? Weshalb interessierte er sich neben der Farbe des Glases und den einfallenden Sonnenstrahlen zum Beispiel so sehr für das Holz der Kirchenbänke? War es Eiche? Mit welchen Substanzen war es gebeizt worden? Mit welchen Werkzeugen hatten die Schreiner der Vergangenheit es in diese kantige Form gebracht? Hatte ihr Auftrag gelautet: »Macht es der heutigen und den kommenden Generationen von Gottesdienstbesuchern so unbequem wie möglich. Weil alle Sünder sind, weil alle büßen müssen.«

Peter schüttelte sich innerlich. Der vergangene Abend, ja, das musste der Grund sein für seine gedanklichen Abschweifungen. Er hatte die Folgen des Junggesellen-Abschieds noch nicht ganz überwunden. Schuld daran waren die Getränke, natürlich. Und das Programm war teilweise irritierend gewesen. Mark hatte es ein bisschen zu gut gemeint. Er hielt sich für einen begnadeten Planer, er war stolz auf sein Organisationstalent, und er wäre deshalb zutiefst gekränkt gewesen, wenn er nicht den Auftrag erhalten hätte, den gesamten Festablauf der Hochzeit zu gestalten. Mark war wild entschlossen, alle Erwartungen zu erfüllen und die absoluten Knaller im Programm zu bieten. Es gab einfach kein Highlight, vor dem er zurückgeschreckt wäre.

»Wie läuft es heute ab?«, fragte Peter. Er brauchte seine Stimme nicht einmal zu dämpfen, denn das Gemurmel der vielen Menschen füllte das Kirchenschiff als lautes Summen.

»Lass dich überraschen«, antwortete Mark und lächelte geheimnisvoll.

»Aber nicht wie gestern bei unserem Herrenabend, oder?«

»Nein, nein«, erwiderte Mark beruhigend. »Nicht wie beim Herrenabend.«

Peter sah ihn. »Gib zu, dass die brasilianischen Prostituierten ein Fehler waren.«

Mark seufzte schuldbewusst. »Okay, ich geb's zu.«

»Außerdem war es nicht gerade angebracht, dass sie sich später als Männer entpuppten.«

»Da hast du Recht«, gab Mark kleinlaut zu.

Die Musik setzte ein und bewahrte ihn vor weiteren Vorwürfen. Ein Barock-Orchester spielte den Kanon von Johann Pachelbel, und zu der weltbekannten Melodie schritten die Braut und ihr Vater den Mittelgang herunter.

»Viel Glück, Kumpel«, sagte Mark, aber er war nicht sicher, ob sein Freund ihn überhaupt noch hörte. Denn Juliet, am Arm ihres Vaters, beanspruchte einfach alle Aufmerksamkeit, ob man wollte oder nicht. So nahm Mark seinen Camcorder und begann, das feierliche und bewegende Geschehen zu filmen.

Juliet war die schönste Frau, die Peter jemals in einem Hochzeitskleid gesehen hatte, und einen Moment lang war er überzeugt, dass es ein anderer sein musste, für den sie bestimmt war – unmöglich konnte sie ihn erhört haben, ausgerechnet ihn, den größten Langweiler des Planeten. Richtig klein und unbedeutend fühlte er sich, als er beobachtete, welche Begeisterung die geradezu außerirdische Schönheit der Braut in ihrem Traum von Weiß auslöste. Leuchtende Augen und Gesichter voll blanken Entzückens begleiteten Juliet auf ihrem Weg zum Altar.

Sie hörte eilige Schritte hinter sich, wandte sich halb um und lächelte gerührt. Es war ihre Freundin Sarah, die wie üblich zu spät kam. Doch um nichts auf der Welt würde sie einen so wichtigen Termin wie diesen verpassen. Abgehetzt, außer Atem, das Handy noch am Ohr, schlüpfte Sarah in eine Bank. Nur Jamie saß dort, achtunddreißig Jahre alt, gut aussehend und dennoch vom Pech verfolgt, was seine Beziehungen zu Frauen betraf. Insofern hätte Sarah – gerade dreißig geworden und so chaotisch veranlagt wie eh und je – durchaus zu ihm gepasst. Denn auch sie kriegte partnerschaftsmäßig einfach nichts auf die Reihe. Dabei war sie ein richtig süßer kleiner Schatz, und nach Juliets Überzeugung mussten die Männer nur so auf sie fliegen. Wie schaffte sie es bloß, die Typen reihenweise abzuwimmeln? Vielleicht war sie tatsächlich zu hektisch. Selbst hier in der Kathedrale, diesem Ort der Ruhe, konnte sie ihre Hast nur schwer ablegen. Ein flüchtiger Gruß für Jamie, der ihr freundlich zulächelte, dann versuchte sie, alles auf einmal zu tun: das Handy abschalten, es in die Handtasche stopfen, sich setzen, sich umsehen, in alle Richtungen blicken und rasch genickte »Hallos« verteilen.

Juliet wandte sich nach vorn, mit freudig bebendem Herzen der bedeutendsten Zeremonie ihres Lebens entgegen. Peter war bestimmt nicht weniger aufgeregt; das sah sie ihm an, dort vorn, wo er mit Mark stand und es kaum abwarten konnte, sie endlich zum Altar führen zu dürfen. Dennoch genoss sie jeden Schritt durch den Mittelgang, eingerahmt von all den frohen Gesichtern. Sie hatte das Gefühl zu schweben, wie auch ihr Vater an ihrer Seite schwebte und ihr Blumen und Schleppen tragendes Gefolge hinter ihr. Auf einmal war Peter an ihrer Seite, und der Traum nahm seinen Lauf.

Die Stimme des Pfarrers erreichte Juliet wie durch watteweiche Wolken. Rosarote Schleier schienen die Trauringe zu umspielen und ihrem Gold einen rötlichen Glanz zu verleihen, als Mark sie seinem Freund Peter überreichte. Das edle Metall fühlte sich warm und glatt an, als Peter es ihr über den Ringfinger schob. Sein Kuss, offiziell und als Festakt vor aller Augen, war feierlicher als sonst. Dann standen die Unterschriften im Hochzeitsregister bevor, und Juliet bekam weiche Knie, weil sie überzeugt war, ihren Namen nicht mehr schreiben zu können. Doch wunderbarerweise fand der Füllfederhalter in ihrer Hand seinen Weg über das Papier wie von selbst. Mit gütiger Miene bedeutete der Pfarrer dem Brautpaar, das nun ein Ehepaar war, den Weg zum Ausgang anzutreten.

Peter streifte seinen Freund und Trauzeugen mit einem Blick. »Ich hoffe, du hast der Versuchung widerstanden, dir Überraschungen einfallen zu lassen.«

»Aber ja«, erwiderte Mark und blinzelte treuherzig. »Ich bin doch schon groß.«

Zu den Klängen des Hochzeitsmarsches schritten das frisch vermählte Paar und die Formation der Hochzeitsgäste den Mittelgang hinunter. Unvermittelt wechselte der Organist in ein anderes Stück, das ziemlich eindeutig nach der Marseillaise klang. Peter wandte sich verdutzt zu Mark um – und blickte in dessen betont unschuldiges Gesicht. Zu Vorwürfen blieb jedoch keine Zeit, denn nun forderte das Geschehen auf der Empore alle Aufmerksamkeit.

Ein Vorhang fiel dort oben und gab den Blick frei auf einen hundertköpfigen Chor, der im selben Moment mit dem alten Welterfolg der Beatles einsetzte.

Love, love, love …

Der Chor teilte sich, formte eine Gasse und gab den Blick frei auf eine hinreißend aussehende Sängerin. Ihre Stimme bezauberte die Anwesenden, bereitete nicht wenigen eine Gänsehaut.

Nothing you can do that can't be done.
Nothing you can sing that can't be sung.
Nothing you can say but you can learn how
to play the game.
It's easy.

Und der gesamte Chor fiel mit ein, die Stimmen vereinten sich zu einem wahrhaft triumphalen Gesang.

All you need is love …

Doch das war erst der Anfang. Noch während des Refrains setzte ein wahres Feuerwerk von weiteren Klangeffekten ein. Trompeten und Posaunen schmetterten plötzlich von allen Seiten, ergänzt von Saxofonen und Waldhörnern. Die Musiker tauchten zwischen den Säulen der Seitenschiffe auf, hinter denen sie sich bis zu dieser Minute versteckt hatten. Es war die komplette Blechbläser-Gruppe eines großen Orchesters, die gemeinsam mit dem Chor und der Sängerin einen überwältigenden Sound entwickelte. Und alle sangen mit.

All you need is love …

Peter dachte an die Posaunen von Jericho und fürchtete um die Mauern der Kathedrale. Bestimmt war das altehrwürdige Gebäude über die Jahrhunderte niemals derartigen Schallwellen ausgesetzt gewesen. Juliet aber strahlte vor Begeisterung. Voller Freude und Dankbarkeit sah sie ihren Ehemann an. »Hast du das organisiert?«

»Um Gottes willen, nein!«, beteuerte Peter und wandte sich zu Mark um. Doch der zuckte lediglich mit den Schultern und machte das unschuldigste Gesicht der Welt. Mit einem Kopfschütteln versuchte er zu unterstreichen, dass er absolut keine Ahnung gehabt habe von dem, was hier passieren würde. Erst nach Peters anhaltend durchbohrendem Blick legte Mark sein Geständnis ab – in Form eines zaghaften Lächelns.

Peter musste lachen, und Mark stimmte erleichtert mit ein. Doch der Reigen der Überraschungen war noch nicht beendet. Kaum wurde das Kirchenportal geöffnet, rauschten draußen Windmaschinen los und wirbelten fünftausend Blütenblätter von Rosen in die Luft. Auf einem Grabstein vor der Kathedrale stand ein Gitarrist und spielte das Lied mit, das noch immer aus dem Kirchenschiff erscholl. Peter und Juliet umarmten sich, küssten sich und lachten im Regen der Rosenblüten. Sie waren das glücklichste Ehepaar der Welt.

Ein grauer Novembertag lastete auf London. Kein Sonnenstrahl unterstützte das Licht der Kerzen in einer anderen Kirche. Ein Meer von Blumen füllte den Altarraum aus und verströmte einen schweren Duft, der jeden Winkel des Gotteshauses erreichte. Eingebettet ins Zentrum dieses Duftes stand der Sarg, dessen Holz auf Hochglanz lackiert war und den Schein der Kerzen mit einem warmen Schimmer widerspiegelte.

Daniel Gilmore und sein elfjähriger Stiefsohn Sam saßen in der ersten Reihe. Für beide war dieser Tag nicht überraschend oder schockartig gekommen, denn Sams Mutter war nach einer langen, unbesiegbaren Krankheit gestorben. Und doch spürten beide, dass der Tag des Abschieds anders war, als alle Vorstellungskraft ihn ausmalen konnte.

Den geliebten Menschen so nahe zu wissen und doch schon unerreichbar – umschlossen von lackiertem Holz und geschmückt von der Blütenpracht –, war eine Erfahrung, die niemand vorwegnehmen konnte. Es war, als würde der Tod eine Gestalt annehmen, deren Erscheinen ohne jegliches Wort und dennoch mit unmissverständlicher Sprache vom Bewusstsein der Lebenden Besitz zu ergreifen vermochte: »Sieh her, sterblicher Mensch, hier bin ich, die Übermacht deines Schicksals. Nichts wird dich jemals in die Lage versetzen, deinesgleichen davor zu bewahren. Die Errungenschaften deiner Wissenschaften mögen noch so großartig sein, ewig leben wirst du nie.«

Daniel erwachte aus seinen Gedanken, als der Pfarrer ihn mit sanfter Stimme direkt ansprach. »Und nun möchte Daniel noch einige abschließende Worte sagen.«

Daniel bedankte sich mit einem Nicken und stand auf. Er war von beeindruckender Statur, hoch gewachsen und schlank, gekleidet in einen perfekt sitzenden schwarzen Anzug. Er schaltete den Diaprojektor ein, und auf einer Leinwand in der Nähe des Sarges erschien ein Porträt seiner Frau in leuchtenden Farben. Daniel wandte sich den Teilnehmern der Trauerfeier zu. Alle trugen Schwarz, wie er selbst.

»Wie ihr wisst«, sagte er und räusperte sich, um seiner Stimme Festigkeit zu verleihen, »hatten Jo und ich viel Zeit, um uns auf diesen Moment vorzubereiten. Einige ihrer Wünsche hat sie sicherlich nicht ernst gemeint. Wie zum Beispiel den, dass ich Claudia Schiffer zur Beerdigung einladen sollte. Aber bei anderen Wünschen war sie ihrer Sache verdammt sicher. Als sie zum ersten Mal aussprach, was mit ihr geschehen würde, sagte ich: ›Nur über meine Leiche‹, und sie antwortete: ›Nein, Danny, nur über meine.‹ Und wie üblich hatte mein geliebtes Mädchen und Sams geliebte Mom Recht, hundertprozentig. Sie wird euch jetzt ihren letzten Abschiedsgruß übermitteln, nicht durch mich, sondern – unvermeidlicher Weise – durch die unsterbliche Genialität der Bay City Rollers.«

Daniel legte einen Schalter um. Aus den Lautsprecherboxen neben der Leinwand dröhnte die schaurige Cover-Version der Bay City Rollers.

If you hate me after what I say,
Can't put it off any longer
Ooo ooo ooo
I just gotta tell you anyway …
Bye bye baby, good-bye,
Bye baby, baby, bye bye
Bye bye baby, don't make me cry,
Bye baby, baby bye bye …

Auf der Leinwand wechselten sich Aufnahmen von den Bay City Rollers in ihrer Glanzzeit mit weiteren Aufnahmen von Jo ab, bis schließlich das Bild eines zwölfjährigen Mädchens stehen blieb. Es war eindeutig Jo, ausstaffiert mit Schal, Abzeichen und Hüten, den Insignien des Rollers-Kults.

Die Anwesenden schmunzelten und weinten, so fröhlich und traurig zugleich waren die Bilder.

»All you need is love …«, summte James Bennett, den alle nur Jamie nannten. Der Beatles-Hit ging ihm seit dem eben erlebten Giga-Sound in der Kathedrale nicht mehr aus dem Kopf. Ausgelassen klimperte er mit dem Schlüsselbund, bevor er die Tür zu seiner Wohnung aufschloss. In Festtags-Laune betrat er das geräumige Wohnzimmer – und stoppte seine Schritte im nächsten Moment.

Der jüngere Mann, der schwungvoll aus der Schlafzimmertür trat, war Chris, Jamies Bruder. Und er war genauso überrascht wie der Hausherr selbst.

»Hallo«, sagte Jamie irritiert. »Was zum Teufel machst du hier?«

»Oh, ich … äh …« Chris grinste schief und wedelte verlegen mit den Händen. »Ich bin gerade mal vorbeigekommen. Wollte mir ein paar alte CDs ausleihen.«

Jamie hob die Augenbrauen. »Hat die Dame des Hauses dich reingelassen?«

»Ja«, antwortete Chris knapp und presste die Lippen zusammen.

Er bemühte sich erkennbar, seine Verlegenheit in den Griff zu bekommen.

»Tja, so ist sie nun mal, so ein liebes und immer hilfsbereites Mä- Mä- Mädchen.« Jamie neigte zu einem leichten Stottern, das meist erst in der Mitte eines Satzes einsetzte. Er rang sich ein Lächeln ab. »Ich dachte, vor dem Hochzeits-Empfang schaue ich noch mal eben rein, um zu sehen, ob es ihr besser geht.« Er hob die Hand. »Da fällt mir ein, ich habe überlegt, ob wir Mom am Freitag, zu ihrem Geburtstag, zum Essen einladen. Was meinst du? Ich habe das Gefühl, in diesem Jahr waren wir ziemlich schlechte Söhne.«

»Okay, das klingt gut.« Chris nickte rasch. »Ein bisschen langweilig, aber es ist okay.«

Unvermittelt erscholl eine Frauenstimme aus dem Schlafzimmer. »Setzt du Wasser auf? Bist du so lieb, Darling?«

Jamie hob die Augenbrauen. »Ich bin ein Sklave der Liebe«, murmelte er, und langsam, wie in Zeitlupe, machte er sich auf den Weg zur Küche. Dabei murmelte er weiter, fast wie in einem Selbstgespräch, obwohl doch sein Bruder gemeint war. »Das hier ist schon ein bisschen merkwürdig. Meine Freundin weiß nicht, dass ich hier bin. Und normalerweise nennt sie dich ›Chris‹, nicht ›Da- Da- Darling‹. Es sei denn, sie nennt dich ›Darling‹, wenn ich nicht da bin. In dem Fall hat der Grund deiner Anwesenheit wahrscheinlich weniger damit zu tun, dir etwas borgen zu wollen – sagen wir, eine alte Platte von Paul Simon –, sondern eher damit, sagen wir, dass du Sex mit meiner Freundin hast, wenn ich nicht da bin.«

»Jamie ...« Chris sah fast verzweifelt aus, als er die Schultern hob und die Arme kraftlos sinken ließ. »Was soll ich sagen?«

Jamie blieb stehen und drehte sich um. »Na ja, du könntest sagen: ›Das stimmt nicht. Ich bin hier, weil ich gerade ein leidenschaftliches Verlangen nach der Musik des besten Freundes von Art Ga- Ga- Garfunkel hatte.‹«

Erneut ließ sich die Frauenstimme von nebenan vernehmen: »Vergiss den Tee, Baby! Ich habe gerade noch einen Dreierpack gefunden. Wenn du ein bisschen in Gang kommst, sind wir damit durch, bevor der alte Bleistift-Schwanz nach Hause kommt!«

Jamie tat, als hätte er nichts gehört. Er führte seine Überlegungen zu Ende. »Auf der anderen Seite kö- kö- könntest du so was vielleicht doch nicht sagen, wenn du ehrlich bist ...«

Der Tross mit der großen schwarzen Jaguar-Limousine im Mittelpunkt rauschte durch die Straßen Londons. Polizisten auf Motorrädern, Polizisten in Streifenwagen und Leibwächter in weiteren schwarzen Limousinen sicherten den Weg des neuen Premierministers.

David Farley hatte vor den versammelten Abgeordneten seinen Eid geleistet und war nun zum ersten Mal im Begriff, sich in seinen Amtssitz zu begeben. Number Ten, Downing Street. Allein im Fond des gepanzerten Jaguars, sagte er die Adresse immer wieder lautlos auf, als müsste er sie sich auf diese Weise einprägen. Doch es ging weniger um das Auswendiglernen als um das Begreifen.

Number Ten, Downing Street – das war jetzt *seine* Adresse. Die bedeutendste Adresse im Vereinigten Königreich, eine der bedeutendsten Adressen in Europa und der Welt war sein neues Zuhause. Du lieber Himmel! Obwohl er alles begriffen hatte, konnte er es noch immer nicht fassen.

Er hatte die Wahl gewonnen. Haushoch sogar. Er hatte seiner Partei zum Sieg verholfen, das war in allen Zeitungen nachzulesen, sogar in denen, die dem politischen Gegner nahe standen. In Radio- und Fernseh-Kommentaren war es das Gleiche. Alle bescheinigten ihm eine überragende Ausstrahlung, eine im wahrsten Sinne des Wortes gewinnende Persönlichkeit. Schon jetzt sei abzusehen, dass er nicht nur ein junger, gut aussehender und hochintelligenter Premierminister werden würde. Schon bald werde er auch zu den bedeutendsten und geachtetsten Staatsmännern der Welt gehören. Seine Stimme werde Großbritannien mehr Gewicht verleihen – auch dem großen Bruder USA gegenüber, der einen bislang eher als Wurmfortsatz betrachtet habe.

Vor dem weltberühmten Haus in der Downing Street herrschte der übliche Trubel, wie David ihn schon tausend Mal im Fernsehen gesehen hatte. Fernsehkamera-Teams und Fotografen hatten sich die besten Plätze gesichert. In der ersten Reihe der Journalisten drängten sich die mit den bunten Mikrofonen, auf denen die Logos der TV- und Rundfunk-Sender prangten. Die schreibenden Zeitungsleute mussten sich mit der zweiten Reihe begnügen. Bobbys überwachten das Geschehen und achteten insbesondere auf die Zuschauer, die sich rund um den Medien-Pulk geschart hatten.

David wartete, bis ein Leibwächter die Wagentür öffnete und ihm mit einem Nicken bedeutete, dass er jetzt aussteigen könne. Begeisterte Rufe empfingen ihn, kaum dass er die Limousine verlassen hatte. Glückwünsche erschollen ebenso wie Empfehlungen im Stil von »Bringen Sie das Land auf Vordermann, Sir!« David lächelte und winkte und bedankte sich mit höflichen Gesten, während er sich auf den kurzen Weg zum bekanntesten aller britischen Hauseingänge machte. Ein Blitzlichtgewitter und das Surren der Fernsehkameras begleiteten ihn. Dann reckten sich ihm die farbigen Schaumstoffbälle der Mikros entgegen, als wollten sie ihm eins auf die Nase geben. Gleichzeitig prasselten die Fragen der Reporter auf ihn ein.

»Wie fühlen Sie sich, Sir?«

»Wie ist das, jetzt hier zu residieren?«

»Was wird Ihre erste Amtshandlung sein?«

»Wie verbringen Sie den Abend, Sir?«

David gab die besten ausweichenden Antworten, die er in seinem Repertoire hatte. Das Fragen- und Glückwunsch-Geschrei schien dennoch kein Ende nehmen zu wollen. Doch seinen Leibwächtern gelang es nach einer Weile, ihn sicher ins Haus zu bugsieren.

Die schwere Außentür fiel zu, dann die Innentür, und David fand sich in völliger Stille wieder. Er entspannte sich augenblicklich, ließ sich von der warmen und herzlichen Atmosphäre umfangen, die buchstäblich in der Luft lag. Die Leibwächter zogen sich in ihren Bereitschaftsraum zurück, und David wandte sich dem Personal zu, das in der holzgetäfelten Eleganz der Eingangshalle versammelt war.

Annie Talbot, seine persönliche Beraterin, trat auf ihn zu – eine Frau von vierzig Jahren, in einem klassischen dunkelgrauen Kostüm, das zu ihrer Persönlichkeit passte. David kannte sie bereits von offiziellen Anlässen während der Amtszeit seines Vorgängers. Annie war das, was man eine starke Frau nannte; ihre Willenskraft und ihre Klugheit galten als überragend.

»Willkommen, Herr Premierminister«, sagte sie feierlich.

»Das klingt echt komisch«, erwiderte David und setzte seine schalkhafte Jungenmiene auf.

»Wie fühlen Sie sich?«, fragte Annie.

»Benommen und verwirrt«, gestand er.

»Darf ich Ihnen das Hauspersonal vorstellen, Sir?«

»Aber ja. Jede Pause vom Regieren ist mir hochwillkommen.«

Annie führte ihn an der langen Reihe der Mitarbeiter entlang, er schüttelte Hände über Hände und versuchte vergeblich, sich all die Namen zu merken. Nur ein paar stachen heraus, weil sie sich mit seinen eigenen Erinnerungen verbanden.

»Dies ist Terence«, stellte Annie einen breitschultrigen Mann vor, der für die Haustechnik verantwortlich war.

»Guten Morgen, Sir«, sagte Terence und verbeugte sich.

David schüttelte ihm die Hand. »Ich hatte mal einen Onkel, der Terence hieß. Den konnte ich nicht leiden. Ich glaube, der war pervers.« David lachte. »Aber Sie kann ich gut leiden, Terence.« Er wandte sich dem nächsten Angestellten zu.

»Guten Morgen, Sir. Ich bin Pat. Wirtschafter.«

»Hallo, Pat!«, rief David und begrüßte ihn mit Handschlag. »Na, mit mir werden Sie es leichter haben als mit meinen Vorgängern – keine Windeln wechseln, keine Teenager, keine Furcht erregende Ehefrau ...«

Die Umstehenden fielen in das Lachen ihres neuen Vorgesetzten ein; einige riskierten nur ein verhaltenes Prusten hinter vorgehaltener Hand.

»Und dies ist Natalie, Sir«, erklärte Annie, während die Heiterkeit noch anhielt. »Sie ist neu bei uns, genau wie Sie.«

David sah sie an, und war sofort von ihrer Ausstrahlung überwältigt. Mit äußerster Anstrengung schaffte er es, sein unverbindliches Lächeln beizubehalten und sich nichts anmerken zu lassen. Natalie verzauberte ihn auf den ersten Blick; er war einfach machtlos dagegen. Sie war jung und schön, und ihr Gesicht spiegelte eine beinahe kindliche Offenheit. Ihre Herzenswärme nahm ihn gefangen und gab ihm ein Wohlgefühl, wie er es nie zuvor erlebt hatte.

»Hallo, David«, sagte sie locker. Im selben Moment erschrak sie und schlug sich die Hand vor den Mund. »Ich meine ›Sir‹. O verdammt, wie konnte ich das bloß sagen!« Entsetzt hob sie beide Hände und spreizte die Finger an den Wangen, als wollte sie schreien. »O nein! Und jetzt habe ich auch noch ›verdammt‹ gesagt – zweimal! Es tut mir so Leid, Sir.«

David winkte ab und lachte. »Ist schon in Ordnung. Sie könnten ›Scheiße‹ gesagt haben, und dann hätten wir beide echte Probleme.«

»Danke, Sir, vielen Dank.« Natalie atmete auf. »Ich hatte so eine fürchterliche Vorahnung, dass ich gleich an meinem ersten Tag Scheiße bauen würde und … o verdammt!« Sie biss sich auf die Unterlippe und sah aus wie ein kleines Mädchen, das dem Lehrer die Zunge herausgestreckt hatte und nun mit der schlimmstmöglichen Strafe rechnete.

Doch David lachte nur von neuem und absolvierte den Rest der Vorstellungsrunde.

»In Ordnung«, sagte Annie dann mit der ihr eigenen Entschlossenheit. »Ich hole meine Unterlagen, und dann fangen wir an, das Land auf Vordermann zu bringen. Wollen wir?«

»Ich wüsste nicht, was dagegen spricht«, erwiderte David.

Er wandte sich ab, seinem Büro entgegen, und er gab sich große Mühe, es zufällig aussehen zu lassen, als er sich noch einmal umdrehte. Er musste einfach Natalie noch einmal ansehen, nur noch einen Blick von ihr erhaschen. Dann, als er die Tür des Büros hinter sich schloss, warf er sich mit dem Rücken dagegen wie ein von der Polizei Verfolgter.

»O nein!«, stöhnte er. »Mein Gott! Scheiße! Das kommt nun wirklich zum falschen Zeitpunkt.«

Musik für Liebende

Die Kapelle versuchte, einen Walzer zu spielen. Dass es weitgehend beim Versuch blieb, kümmerte niemanden in dem festlichen Saal, denn der Abend war bereits fortgeschritten. Die Musiker gaben ihr Bestes, bemühten sich nach Kräften, und die Freude, die sie dabei hatten, sprang auf das Publikum über. Da spielte es keine große Rolle, dass der Rhythmus entweder zu sehr lahmte oder zu wild galoppierte. Peter und Juliet, die frisch Vermählten, tanzten ihren vierzehnten Ehrentanz, und wie jedes Mal hatte sich ein Kreis von Zuschauern gebildet, die fröhlich den Takt mitklatschten.

Mark richtete zum vierzehnten Mal seinen Camcorder auf das tanzende Ehepaar. Es störte ihn nicht, dass Sarah, die neben ihm stand, pausenlos in ihr Handy sprach. Dazu faszinierte ihn das Paar viel zu sehr. Auch Colin, ein munterer Kellner mit schlecht gebundener schwarzer Krawatte, vermochte Mark kaum abzulenken.

»Wie wär's mit einem besonderen Leckerbissen?«, erkundigte sich Colin, als er sich mit seinem Tablett durch das Gedränge schob und langsam näher kam.

»Nein, danke.« Mark winkte ab, ohne den Blick vom Display seiner Videokamera zu wenden.

Colin nickte, lächelte und steuerte auf Sarah zu. »Eine Geschmacks-Explosion gefällig, Madam?«

Sarah schüttelte den Kopf. Ihre Miene war abweisend und geistesabwesend. Wer sie nicht kannte, mochte sie für humorlos halten. Colin nahm sich indessen nicht die Zeit, dieser Frage auf den Grund zu gehen. Er entdeckte eine hübsche junge Frau in der Nähe der Küchentür, und sein Anflug von Entmutigung war vergessen. Hoffnungsvoll bahnte er sich einen Weg zu ihr.

»Nahrung?«, bot er an und hielt ihr das Tablett hin.

»Nein, danke«, erwiderte die Hübsche.

»Tja ...«, sagte er schmunzelnd. Scheinbar nachdenklich betrachtete er die belegten Toast-Sticks. »Sehen ja auch ein bisschen zum Abgewöhnen aus, die Dinger.« Er fischte ein Exemplar heraus und schob es sich in den Mund. Mit dem fachmännischen Gesichtsausdruck eines Gourmets ließ er seine Geschmacksknospen ihre Arbeit tun. »Hm ... na ja ...«, befand er schließlich. »Die sehen nicht nur aus wie Finger von Außerirdischen, die schmecken auch so. Ich heiße übrigens Colin.«

»Ich bin Nancy«, entgegnete sie, um höflich zu sein.

»Ah, und zu wem gehören Sie? Zur Braut, zum Bräutigam? Oder stammen Sie aus dem heimlichen Doppelleben des Vikars?«

»Nein«, sagte Nancy eisig. »Ich habe das Essen gemacht.«

»Cool!«, rief Colin und aß rasch einen zweiten Toast-Stick. »Hm ... ja ... doch, ja ...«, überlegte er laut beim Kauen und kam dann zu dem Ergebnis: »Also, beim zweiten Mal schmeckt's fantastisch, einfach wunderbar!« Er flüchtete vor einer möglichen Antwort, indem er rasch durch die Türen zur Küche schlüpfte.

Sein Freund Tony, der dort in einer Ecke saß, trug normale Straßenkleidung. Er war lediglich als Colins Begleiter mitgekommen.

»Jetzt habe ich es endlich herausgefunden«, sagte Colin,

stellte das Tablett ab und setzte sich Tony gegenüber an den Tisch.

»Was? Was hast du herausgefunden?«

»Warum ich einfach nicht die wahre Liebe finde.«

»Und das wäre?« Tony schmunzelte interessiert.

»Es liegt nicht an mir«, erklärte Colin. »Es liegt an den englischen Frauen. Sie sind zu steif, zu verschlossen, weißt du. Und ich wirke in erster Linie anziehend auf Frauen, die cooler, weißt du, mal für einen Spaß zu haben sind – wie amerikanische Frauen. Deshalb sollte ich einfach nach Amerika gehen. Da würde ich sofort eine Freundin finden. Was hältst du davon?«

Tony schüttelte fassungslos den Kopf. »Ich denke, du redest Müll, Colin. Die Leute sind überall auf der Welt gleich. Du kannst hingehen, wo du willst – du wirst überall langweilig und hässlich sein. Und die Frauen werden dich überall hassen.«

»Also, da irrst du dich aber total«, widersprach Colin überzeugt. »Amerikanische Frauen würden voll auf mich abfahren. Allein schon wegen meines geilen britischen Akzents.«

Tony verdrehte die Augen. »Mann, du hast keinen geilen britischen Akzent.«

»Hab ich doch«, trumpfte Colin auf wie ein störrisches Kind. »Und ich *gehe* nach Amerika.«

Tony seufzte und erwiderte geduldig: »Mach nicht den Kasper, Colin. Du bist ein einsames, hässliches Arschloch. Das musst du einfach akzeptieren.«

»Niemals«, widersprach Colin energisch. »Ich bin Colin, der Gott des Sex. Ich befinde mich nur auf dem falschen Kontinent, das ist alles.« Er zwinkerte einer Kellnerin zu, die in diesem Moment vorbeikam. Ihr Gesicht erstarrte zu einer eisigen Maske, und sie rauschte davon, ohne ihn auch nur eines Blickes zu würdigen.

»Siehst du!«, sagten Colin und Tony gleichzeitig, denn beide betrachteten die Reaktion der Kellnerin als Bestätigung ihrer jeweiligen persönlichen Überzeugung.

Als Colin kurz darauf erneut mit seinem Tablett in den Festsaal aufbrach, dauerte der vierzehnte Ehrentanz des Brautpaars an. Möglicherweise war es aber auch schon der fünfzehnte Ehrentanz. Colin war in dem Punkt nicht halb so sicher wie in seiner Meinung über seine Wirkung auf Frauen. Denn alles, was die Kapelle spielte, klang irgendwie gleich. Schon möglich, dass sie den ganzen Abend dasselbe Stück spielten. Zuzutrauen war es ihnen.

Mark hatte sich mittlerweile einen Platz gesucht und filmte im Sitzen. Sein Camcorder war unablässig auf das frisch gebackene Ehepaar gerichtet. Er schien gar nicht genug Aufnahmen von den beiden Glücklichen bekommen zu können.

Sarah setzte sich neben ihn. Ihr Handy hielt sie noch in der Hand, als rechnete sie jede Sekunde mit einem neuen Anruf. Forschend betrachtete sie Mark von der Seite. Erst nach einer Weile sprach sie ihn behutsam an.

»Liebst du ihn?«

Verdutzt ließ er die Kamera sinken und sah Sarah an. »Wie bitte? Was? Wen meinst du?«

Sarah lächelte verlegen. »Also ich ... ich dachte nur, ich stelle die Frage einfach mal so schonungslos, für den Fall, dass es die richtige Frage ist und du jemanden brauchst, mit dem du darüber reden kannst, und niemand dir jemals diese Frage gestellt hat, sodass du auch niemals darüber reden konntest, obwohl du es vielleicht gern getan hättest ...«

Marks Gesicht versteinerte. »Nein«, erwiderte er schroff. »Die Antwort lautet ›Nein‹! Absolut negativ.«

»Ah, verstehe«, sagte Sarah mit zerfaserndem Lächeln. »Das bedeutet also ›Nein‹.«

»Ja«, knurrte Mark. »Nein ... äh ...« Er hob den Camcorder, filmte weiter und murmelte: »Diese Band ist ja wohl die schlechteste Band in der Geschichte der Menschheit. Was meinst du?«

»Wahrscheinlich hast du Recht«, antwortete Sarah. »Ich denke mal, es hängt alles vom nächsten Stück ab. Mal sehen, wofür sie sich entscheiden.«

Auf dem Podium ergriff der Leadsänger der Kapelle das Mikrofon. »Und jetzt ein Stück für alle Liebenden! Es würde mich nicht überraschen, wenn das eine ganze Menge von euch wären ...«

Die Zuhörer klatschten, begeisterte Rufe erschollen, und dann setzten die Musiker zu einer berühmten Einleitung an.

»Sie tun es!«, stöhnte Mark. »Sie tun es wirklich.«

»In der Tat«, bestätigte Sarah. »Die schlechteste Band der Welt.«

Und der Leadsänger begann: »I feel it in my fingers ...«

Das Tonstudio war von der Außenwelt abgeschnitten. Fensterlose Räume sperrten die Wintersonne aus und halfen Technikern und Künstlern gleichermaßen, sich ganz auf ihre Arbeit zu konzentrieren.

Billy Mann sah verwittert aus mit seinen fünfundfünfzig Jahren. In besseren Zeiten war er ein Gigant der Rockmusik-Szene gewesen. Aber noch immer war er auf eine Weise attraktiv, die ihm bewundernde Blicke eintrug. Die drei Background-Sängerinnen in der Kabine neben ihm himmelten ihn durch das schalldichte Fenster an und legten sich ins Zeug, als müssten sie um ihr Leben singen.

Billy hatte eine kleine, schwarz ausgekleidete Kabine für sich allein. In den Kopfhörern hatte er die Band und das Backing, und er fühlte sich noch einmal wie auf dem Höhepunkt seines Erfolgs, als er sang:

»I feel it in my toes – love is all around me – and so the feeling …«

Unvermittelt ertönte Joes Stimme in den Kopfhörern. Joe Alstyne war Billys Manager. Er saß vorn im Kontrollraum bei dem Toningenieur. Joe war das glatte Gegenteil eines einnehmenden Typs. In den Vierzigern, mit einer fettigen krausen Matte von Haar, schleppte er ein Übergewicht mit sich herum, das selbst die wohlwollendsten seiner Mitmenschen nur zu dem Urteil »Gott, ist der Kerl schwammig!« kommen ließ.

»Ich fürchte, du hast es schon wieder getan, Bill«, dröhnte Joe in die Gehörgänge des Alt-Rockstars.

»Tatsächlich?«, staunte Billy.

»Ja, tut mir Leid, Kumpel.«

Billy seufzte. »Ja, weißt du, es liegt wohl daran, dass ich die alte Version so gut kenne.«

»Das tun wir alle«, antwortete Joe mit erzwungener Ruhe. »Und genau deshalb machen wir ja eine neue Version.«

»Genau das.« Billy gab ein entschlossenes Daumenzeichen durch die Glasscheiben. »Also, dann noch mal von vorn!«

Der Toningenieur bediente die Regler und Knöpfe seines Pults mit der Virtuosität eines Pianisten. Billy schloss die Augen, als er die Intro des Stücks abermals in die Kopfhörer bekam. Er zählte die Takte mit und startete seinen Part routiniert, mit perfektem Timing.

»I feel it in my fingers, I feel it in my toes – love is all … o Scheiße!« Er gestikulierte und schnaufte und brauchte einen Moment, um sich zu beruhigen. »Fangt noch mal an«, bat er dann. Konzentriert lauschte er der Intro, und wieder war sein Einsatz perfekt. »I feel it in my fingers, I feel it in my toes. Christmas is all around me.« Während er fortfuhr, sah er Joes zufriedenes Lächeln durch die Glasscheiben. »So if you really love Christmas, come on and let ist snow …« Billy sang den Song fehlerfrei zu Ende. Nach dem Schlusszeichen des Toningenieurs wandte er sich an seinen Manager. »Das war Mist, oder?«

»Ja«, antwortete Joe. »Massiver, goldener Mist, Maestro.«

Billy strahlte vor Freude und reckte den Daumen hoch. Vorn im Studio schlug der Toningenieur seine Zeitung auf. Auf der Titelseite war ein großes Foto des neuen Premierministers abgedruckt.

»Was meinst du, Joe?«, fragte der Techniker. »Ob der Typ schwul ist?« Er tippte mit dem Zeigefinger auf das Foto, das in der Downing Street aufgenommen worden war.

»Hundertprozentig«, antwortete der Manager und nickte. »Der hat voll die rosaroten Hosen an.«

Die ersten Tage im Amt waren vergangen, und David Farley gewöhnte sich allmählich an den Job. Er hatte festgestellt, dass Paula Haskins, seine Sekretärin, mit ihren sechzig Jahren die beste Sekretärin der Welt war. Auf sie konnte er sich absolut verlassen. Und vor allem hatte sie Übung darin, neuen Premierministern die ersten Tage im Amt zu erleichtern.

Mehrmals täglich legte Paula ihm die Unterschriftenmappen vor, erinnerte ihn an Termine oder präsentierte ihm Akten, die zur Entscheidung fällig waren. An diesem verregneten Tag, der London in windgepeitschte Grauschleier hüllte, gab David seiner Mitarbeiterin erste schwerwiegende Anweisungen mit auf den Weg.

»Ich möchte, dass Ian um fünf Uhr hier ist«, sagte er und wartete, bis sie sich eine Notiz auf ihrem Block gemacht hatte. Dann fuhr er fort. »Und sagen Sie George, dass ich ihn in ungefähr drei Minuten feuern werde. Was soll ich mit einem Verkehrsminister, der immer zu spät kommt?«

Paula Haskins bestätigte wie üblich alle Anweisungen und verließ das Büro ihres Vorgesetzten. Der holzgetäfelte Raum mit dem wuchtigen Schreibtisch und den Aktenschränken im gleichen machtvollen Stil ließ David mehr als alles andere die Bedeutungsschwere seines Amts spüren. Hier gewannen seine Entscheidungen das Gewicht, das ihnen zustand, und hier gewann er persönlich jene Würde, die all seine Vorgänger ausgestrahlt hatten. Alle Eigenschaften, die die Untertanen Ihrer Majestät von ihrem höchsten Staatsbeamten erwarteten – von Kompetenz bis Väterlichkeit –, hatte man ihnen angesehen, wenn sie aus dem Eingang von Number Ten ins Freie getreten waren und sich den prüfenden Augen der Öffentlichkeit gezeigt hatten.

Paula war kaum gegangen, als es erneut klopfte.

»Herein!«, rief David und rechnete mit dem Verkehrsminister. Umso erfreuter war er, Natalie zu sehen.

Sie stellte ein Tablett auf der entfernten Ecke des Schreibtischs ab und legte einen Packen Schnellhefter daneben. »Dies ist für Sie persönlich«, erklärte sie und wies auf das Tablett, auf dem eine Tasse Tee und ein Teller mit drei Keksen standen. »Dies ...«, sie tippte auf die Schnellhefter, »kam gerade vom Finanzministerium.«

David lächelte. Er schaffte es nicht, Natalies Redefluss zu unterbrechen.

»Wissen Sie, ich hab ja von Anfang an gehofft, dass Sie die Wahl gewinnen würden. Natürlich wäre ich auch zu dem anderen Typ total freundlich gewesen. Nur ...«, ihre Mundwinkel formten spitzbübische Grübchen, »dem hätte ich immer nur die einfachen Kekse gegeben, die ohne Schokolade.«

»Danke«, sagte David sanft, und er hatte das Gefühl, in seinem komfortablen Schreibtischsessel dahinzuschmelzen.

Natalie erwiderte sein Lächeln und wandte sich ab. Als er allein war, ließ er den Kopf sinken. Voller Verzweiflung schlug er mit der Stirn auf die Schreibtischunterlage.

»O Gott!«, stöhnte er. »Mann, du bist der Premierminister!«

Auch ein anderer Mann hatte seinen Kopf auf dem Schreibtisch – zur selben Zeit, in derselben Stadt, lediglich in einem anderen Viertel. Es war Daniel, der mutterseelenallein im Büro seines Hauses saß. Seit Jo gestorben war, durchlebte er immer wieder diese Stunden unendlicher Stille und tiefer Traurigkeit.

Irgendwann, wie mit größter Mühe, hob er den Kopf und nahm den Telefonhörer ab. Er tippte auf eine Speichertaste.

»Karen!«, rief er freudig, als am anderen Ende abgenommen wurde. »Ich bin's, Daniel. Können wir reden? Tut mir Leid, ich habe sonst irgendwie buchstäblich niemanden, mit dem ich reden könnte.«

Karen war immer für ihn da gewesen, auch in jenen grauenhaften Zeiten, in denen Jos Krankheit sich immer mehr verschlimmert hatte.

»Natürlich können wir reden«, antwortete Karen. Aus dem Hintergrund waren Kinderstimmen zu hören. »Nur ist es im Augenblick ganz schlecht. Kann ich zurückrufen?«

»Natürlich.«

»Das bedeutet aber nicht, dass mich der Tod deiner Frau nicht furchtbar getroffen hat.«

»Ist doch klar«, sagte Daniel. »Leg schon auf und ruf mich später an.« Mit einem Lächeln, das von Schmerz erfüllt war, ließ er den Hörer auf die Gabel sinken. Er sah sie vor sich, in ihrem schmucken Haus, wo sie herumwirbelte, die Güte in Person.

Karen war Mitte vierzig und trotz Kindern, Küche und Haushalt immer noch eine attraktive Frau. Ihre Tochter Daisy war sechs Jahre alt und das entzückendste kleine Mädchen, das

Daniel kannte. Bernie, Karens zehnjähriger Sohn, durchlebte gerade seine mürrische Phase, war ansonsten aber ein aufgewecktes Kerlchen.

Karen kehrte an den Herd zurück und machte weiter mit den Hähnchen-Kebabs, die sie ihren Kindern zum Abendessen zubereitete.

»Also«, sagte sie, während sie hantierte, »was sind denn das nun für tolle Neuigkeiten?«

»Wir haben unsere Rollen gekriegt«, antwortete Daisy. »In dem Krippenspiel, weißt du. Ich bin der Hummer.«

»Der Hummer«, wiederholte Karen verdutzt.

»Ja, klar.« Daisys Miene zeigte an, dass es sich um die selbstverständlichste Angelegenheit der Welt handelte.

»Im Krippenspiel?«, hakte Karen nach.

»Ja!« Daisy nickte ernsthaft. »Ich bin der Erste Lobster.«

Karen runzelte die Stirn und bemühte sich, sachlich zu bleiben. »Das heißt, bei der Geburt von Jesus waren mehrere Hummer anwesend? Mehr als nur einer?«

»Ist doch wohl logisch!«, rief Daisy beinahe empört.

»Natürlich, völlig klar«, sagte Karen rasch, um weiterem Unmut zu entgehen. »Und wie sieht's mit dir aus, Bernie?«

Bernie lehnte am Türrahmen und verzog unwirsch das Gesicht. »Ich wollte ein Hummer sein, aber jetzt bin ich ein Engel. Ich kann Engel nicht leiden. Die sind doch bloß zurechtgemachter Schrott.«

»Oh, das würde ich nicht unbedingt sagen«, entgegnete Karen vorsichtig. »Ich denke mal, dass sie heutzutage wahrscheinlich keine Flügel haben, und deshalb erkennen wir sie nicht. Sie sehen wahrscheinlich ganz normal aus, wie du und ich. Aber trotzdem sind sie sehr klug und wandern auf der Erde umher und tun Gutes.«

Bernie schüttelte verächtlich den Kopf. »In dem Stück tun sie überhaupt nichts Gutes. Die stehen da bloß rum wie Schwuchteln und sagen: ›Ist das Jesus-Baby nicht großartig!‹ Dabei weiß doch jeder, dass es nur eine bescheuerte Puppe ist. Ich will ein Hummer sein.« Im Hinausgehen erklärte er: »Noch was: Toby sagt, Onkel David ist ein Blödmann.«

Karen bewahrte die Fassung. »Tja, da wird er wohl Recht haben.«

»Und ich mag keine Kebabs«, giftete Bernie, bevor er zur Treppe hin verschwand.

»Na gut.« Karen hob die Schultern. »Was bist du doch für ein nettes Kind.« Aber das hörte ihr Sohn sicherlich schon nicht mehr.

Für James Bennett hatte es schon vor Jahren festgestanden: Nichts gab seiner Seele mehr Frieden als ein altes französisches Bauernhaus. Deshalb hatte er damals vorausschauend gehandelt und sich dieses Kleinod in den wildromantischen Bergen von Südfrankreich gekauft.

Jedes Mal, wenn er England den Rücken kehrte und an seinem Zufluchtsort jenseits des Kanals eintraf, spürte er augenblicklich die wohltuende Wirkung dieses Ortes. Alle Anspannung fiel von ihm ab, als hätte es sich um eine unbedeutende, lächerliche Last gehandelt.

So war es auch diesmal, nachdem er alle Beziehungs-Brücken hinter sich abgebrochen hatte – für immer. Er atmete tief durch, als er die Haustür aufschloss und eintrat. Dieses Haus war ein Schmuckkästchen, einfach der Inbegriff von Geborgenheit und Heimeligkeit. Schon jetzt erfüllte ihn die Vorfreude auf den Moment, in dem er sich ans prasselnde Kaminfeuer setzen würde – in embryonaler Haltung in die Sofaecke gekuschelt.

Doch erst einmal musste er das Tageslicht und die gute südliche Luft hereinlassen. Er stellte die Koffer in der Mitte des

Wohnzimmers ab und öffnete die Fenster, in deren Rahmen kleine Engelsfiguren geschnitzt waren.

Später trug er seine Schreibmaschine in das Arbeitszimmer, stellte sie auf den kleinen Schreibtisch und setzte sich davor. Er fühlte sich so entspannt und erleichtert wie schon lange nicht mehr.

»Endlich allein«, sagte er. »Natürlich.«

Daniel Gilmore war froh, gemeinsam mit Karen das Schulkonzert besuchen zu können. Es tat gut, nicht allein unter den Zuschauern sitzen zu müssen und dadurch seine Einsamkeit noch deutlicher zu spüren. Dennoch senkten sich seine Sorgen erneut wie eine Tonnenlast auf ihn herab, als der Schülerchor sang.

»Catch A Falling Star« hatten sie ausgewählt, den großartigen alten Hit von Perry Como – eine Verbeugung vor den Großeltern, die für diesen Song einmal geschwärmt hatten, als sie selbst Teenager gewesen waren.

Unter all den fröhlichen Kindergesichtern im Chor gab es nur eines, das niedergeschlagen und voller Schwermut war. Das Gesicht gehörte Sam, Daniels Stiefsohn. Nicht einmal in der Gesellschaft all seiner Schulfreunde konnte er zu seiner alten Fröhlichkeit zurückfinden.

Es tat Daniel gut, mit Karen zusammen zu sein. Sie nahm an den Schulveranstaltungen ohnehin meistens allein teil, da Harry, ihr Mann, aus beruflichen Gründen nie Zeit hatte. Nach dem Konzert gönnten sich Karen und Daniel einen Cappuccino an der von Lehrern und Schülern eingerichteten Kaffee-Bar. Sam war nicht dazu zu bewegen, ihnen Gesellschaft zu leisten. Mit einem gemurmelten »… geh schon mal nach Hause« hastete er von ihnen weg wie jemand, dem nichts unerträglicher war als menschliche Nähe.

»Er war schon ziemlich niedergeschlagen, bevor Jo starb«,

sagte Daniel, als er mit Karen den Flur seines Hauses betrat. »Aber in den letzten Wochen ist es noch viel schlimmer geworden.« Er zeigte auf die Treppe. »Er zieht sich die ganze Zeit in sein Zimmer zurück. Garantiert ist er auch jetzt da oben.«

»Daran ist doch nichts Ungewöhnliches«, erwiderte Karen. »Was meinen schrecklichen Sohn Bernard betrifft, danke ich Gott, dass er dauernd in seinem Zimmer ist.«

»Na ja …« Daniel wiegte den Kopf. »Aber Sam lässt sich wirklich überhaupt nicht mehr blicken. Weißt du, ich habe Angst, dass mit ihm etwas nicht in Ordnung ist. Ich meine, natürlich trauert er um seine Mutter. Aber, du lieber Himmel, er könnte sich Heroin in die Augäpfel injizieren, und ich würde es nicht mitkriegen.«

»Im Alter von elf Jahren?«

»Okay, vielleicht nicht in die Augäpfel, vielleicht nur in die Venen.« Daniel bat Karen mit einer Handbewegung, ihm zu folgen. Sie durchquerten das Wohnzimmer und traten auf den Balkon hinaus, wie sie es oft taten, wenn sie miteinander redeten. Daniel erzählte weiter. »Und dann hört er den ganzen Tag nur Musik, oder er sieht sich Videos an. Das Problem ist, es war seine Mom, die immer mit ihm geredet hat, und ich weiß nicht …« Er schob die Unterlippe vor und überlegte. »Also, dieses ganze blöde Stiefvater-Ding hat früher nie eine Rolle gespielt, aber jetzt, auf einmal …«

»Hey, hey!«, rief Karen. »Es war doch klar, dass es eine furchtbar schlimme Zeit werden würde. Hab einfach Geduld – und achte in seinem Zimmer gelegentlich auf Nadeln.«

Daniel lächelte dankbar. »Ja, gut. Mach ich.« Sein Lächeln verschwand, als er sich an weitere Einzelheiten erinnerte. »Manchmal, wenn er dann doch aus dem Zimmer kommt, sieht man ihm an, dass er geweint hat.« Daniel seufzte tief, als ihn die Trauer mit ihrer ganzen Schwere traf. »Oh Karen, es ist so ein schrecklicher Verlust. Und wenn Sams Leben dadurch jetzt auch noch zerstört wird ...« Tränen traten in seine Augen.

Karen berührte seine Schulter und lächelte ihm aufmunternd zu. »Reiß dich jetzt zusammen. Weichlinge kommen bei Frauen nicht an. Keine wird jemals einen Typ flachlegen, der dauernd heult.«

Daniel schmunzelte noch, als er Karen zur Tür brachte. Er fühlte sich besser, und es war ihm anzusehen. »Danke, dass du mitgekommen bist. Du musst sehr viel um die Ohren haben, gerade jetzt, wegen David und so.«

»Nein, den sehe ich so gut wie nie.« Karen legte ihm die Hand auf die Schulter. »Übrigens, ich habe für dich ein bisschen über Claudia Schiffer recherchiert. Es gibt ein paar ausgezeichnete Internet-Seiten über sie. Damit hättest du an den einsamen Abenden wenigstens was zu tun.«

Daniel schob sie mit gespielter Empörung von sich. »Jetzt werd bloß nicht geschmacklos! Raus aus meinem Haus! Ich muss das Abendessen machen.«

»Na also«, erwiderte Karen lächelnd. »Eine perfekte Gelegenheit, Familienbande zu knüpfen. Nach meiner Erfahrung liegst du mit Hähnchen-Kebabs immer richtig.«

Daniel beherzigte Karens Rat und eilte zum Einkaufen in den Supermarkt. Später dann, nachdem er das bei Kindern so beliebte Fertiggericht aus der Mikrowelle genommen hatte, lief er die Treppe hinauf und blieb vor Sams Tür stehen.

»Zeit zum Abendessen!«, rief er, noch leicht außer Atem.

Sams Antwort war über dem Wummern seiner Anlage nur schwach zu hören. »Ich habe keinen Hunger!«

»Aber Sammy!« Daniel war enttäuscht. »Ich habe Hähnchen-Kebabs gemacht!«

»Lies das Schild an der Tür«, erscholl die unbeeindruckte Stimme des Jungen.

Erst jetzt bemerkte Daniel das Stück Papier, das mit einem Klebestreifen an der Tür befestigt war. Darauf stand in großen Lettern:

ICH SAGTE: ICH HABE KEINEN HUNGER!

»Na dann«, murmelte Daniel niedergeschlagen.

Colin Frissell war guter Dinge; er summte ein Lied, trommelte den Rhythmus auf dem Lenkrad seines Wagens und trat auf die Bremse, als er eine junge Frau an der Bordsteinkante bemerkte. Während sie die Straße überquerte, lächelte er freundlich und gab ihr ein Daumenzeichen. Sie bemerkte es und wandte sich ab – mit deutlich angewidertem Gesichtsausdruck. Colin zuckte mit den Schultern und fuhr weiter.

Einen Block weiter wartete sein Freund Tony Frazer wie verabredet auf dem Bürgersteig. Colin lenkte den Wagen in die Parklücke, neben der Tony stand. Tony öffnete die Tür und warf sich auf den Beifahrersitz.

»Aufregende Neuigkeiten!«, verkündete Colin und fuhr an.

»Nämlich?«, erwiderte Tony.

»Ich habe ein Flugticket in die Vereinigten Staaten gekauft. In zwei Wochen bin ich weg.«

»Nein!«, entfuhr es Tony. Entgeistert sah er seinen Freund an.

»Ich habe mir eine ganz tolle Gegend ausgesucht. Die heißt Wisconsin.«

»Nein!«

»Ja!«, rief Colin triumphierend. »Wisconsin Ladys – hier kommt Sir Colin!«

»Himmel, Col, nein!«, stöhne Tony. »Okay, es gibt ein paar heiße Girls in den USA. Aber ich garantiere dir, die sind alle schon mit reichen Kerlen liiert. Ich wette mit dir, dass du in einer schmuddeligen Bar landest und mit einer Tussi rumknutschst, die deiner Mom wie aus dem Gesicht geschnitten ist. Und das ist nun mal das Gegenteil von hübsch. Ich muss es wissen. Ich hab's ausprobiert.«

Colin lachte. »Ach was, Alter, du bist doch bloß eifersüchtig. Du weißt ganz genau, dass es in jeder Bar, egal wo in Amerika, mindestens zehn Frauen gibt, die erstens hübscher sind und zweitens mit größerer Wahrscheinlichkeit Sex mit mir haben wollen als sämtliche weiblichen Wesen im Vereinigten Königreich.«

»Das ist doch totaler Schwachsinn«, schnaubte Tony. »Jetzt bist du vollkommen durchgeknallt.«

»Nein! Ich bin schlau, schlau, schlau! Drüben in den Staaten bin ich Prinz William – nur ohne die langweilige Verwandtschaft.«

Tony fasste sich verzweifelt an die Stirn. »Mein Gott, Colin, nein! Ich meine, was ich sage! Du bist wahnsinnig!«

Colin lachte. Er konnte gar nicht wieder aufhören zu lachen.

Schwungvoll und elegant – wie ein Kellner sein Tablett in einem Fünf-Sterne-Restaurant – balancierte Colin die Sandwich-Kartons in das Büro der »Fairtrade Foundation«. In diesem aufregenden Laden fühlte er sich immer besonders wohl. Unter den insgesamt fünfzig Angestellten waren die weiblichen klar in der Mehrheit. Colin hatte das Gefühl, hier jeden Morgen sehnsüchtig erwartet zu werden – auch als Mensch, nicht nur als Bote, der die Bestellungen auslieferte, die sie bei seinem Arbeitgeber, »Brendan's Bread & Breakfast«, telefonisch aufgegeben hatten.

In dem Fairtrade-Büro herrschte ein ziemliches Durcheinander. Jede Lücke zwischen den Schreibtischen und den Regalen war voll gestopft mit Warenmustern – Kaffee, Tee und Kakao in braunen Packpapier-Tüten; Bananen und Mangofrüchten in

Kartons; Zucker in kleinen weißen Leinensäcken; Orangensaft in neutralen Flaschen. Ein Teil der Angestellten lief ständig hin und her, um Papiere von einem Schreibtisch zum nächsten oder in einen anderen Büroraum zu bringen. Der weitaus größte Teil der Angestellten aber telefonierte ununterbrochen – nicht nur auf Englisch, sondern auch auf Spanisch, Französisch und Kisuaheli. Das reinste babylonische Stimmengewirr schwebte in der Luft wie ein Klangteppich.

Colin wusste, dass die Fairtrade Foundation Agrarprodukte direkt bei Kleinbauern überall auf der Welt einkaufte und zu fairen Preisen vermarktete. Er war stolz, einer Stiftung mit solch edlen Zielen als Sandwich-Lieferant dienen zu können. Er stellte seinen Kartonstapel auf dem gewohnten Schreibtisch ab, strahlte wie immer vor Freude und gab einer besonders hübschen jungen Frau das Daumenzeichen. Sie hieß Mel, das wusste er. Sie war noch nicht lange hier, arbeitete sich gerade ein. Auf ihrem Schreibtisch stand ein Radio. Die Musik ging in der allgemeinen Geräuschkulisse fast unter. Auch an diesem Morgen ignorierte Mel den Sandwich-Boten. Verträumt blickte er ihr nach, wie sie aufstand und auf die Tür hinter ihrem Schreibtisch zuging. Es war die Tür zum Büro von Harry Trevor, dem Chef der Fairtrade Foundation. Mel klopfte.

»Herein!«, rief Harry mit seiner sonoren Stimme.

Mel folgte der Aufforderung und blieb bei der Tür stehen. Harry trug einen seiner top-modischen Anzüge. Er war Mitte vierzig und sah aus wie der seriöse Geschäftsmann aus dem Bilderbuch.

»Sarah möchte Sie sprechen«, erklärte Mel.

»Großartig!«, erwiderte Harry erfreut. »Und? Haben Sie sich eingelebt?«

»Hundertprozentig«, bestätigte Mel und lächelte. Sie ließ Sarah eintreten und entschwebte mit betont graziösen Schritten.

»Hallo, Sarah! Wie geht's Ihnen?«, erkundigte sich Harry wohlwollend.

»Gut«, antwortete Sarah. Sie wirkte unsicher, als sie auf den Schreibtisch zuging und der Aufforderung ihres Chefs folgte, sich auf den Besucherstuhl zu setzen. »Also, meine Arbeitsleistung hat sich deutlich erhöht, seit ich den Harry-Potter-Bildschirmschoner habe.«

»Das habe ich bemerkt«, entgegnete Harry. Er beugte sich vor, faltete die Hände auf dem Schreibtisch und lächelte väterlich. »Jetzt schalten Sie mal Ihr Handy ab und sagen mir, wie lange arbeiten Sie bei uns genau?«

Sarah befolgte auch die neue Anweisung, ehe sie antwortete: »Es sind jetzt zwei Jahre und sieben Monate. Und drei Tage. Und ...«, sie blickte auf ihre Armbanduhr, »zwei Stunden.«

»Okay.« Harry nickte. »Und seit wann sind Sie in Karl verliebt, unseren rätselhaften aber attraktiven Chef-Designer?«

Sarah starrte ihren Chef entgeistert an. Sie bekam den Mund nicht wieder zu. Es dauerte einen Moment, ehe sie sich von dem Schreck erholte, denn sie war die ganze Zeit überzeugt gewesen, dass niemand von ihrer heimlichen Liebe zu Karl gewusst hatte.

»Ähm – zwei Jahre und sieben Monate und drei Tage und – ich glaube eine Stunde und fünfundvierzig Minuten«, gestand sie schließlich. »Zu Beginn, die erste halbe Stunde, war ich noch ganz locker.«

»Das hab ich mir gedacht«, erwiderte Harry.

Sarah sah ihn bestürzt an. »Glauben Sie, dass jeder es weiß?«

»Ja.«

»Glauben Sie, dass Karl es weiß?«

»Ja.«

Sarah schloss die Augen und öffnete sie wieder. »Das sind schlechte Nachrichten – in vielerlei Hinsicht.«

»Und ich dachte gerade, vielleicht ist die Zeit gekommen, etwas in der Sache zu unternehmen.« Harry lächelte, winkelte die Arme an, spreizte die Finger und legte deren Spitzen aneinander.

»Zum Beispiel?«, hauchte Sarah.

Harry schürzte die Lippen. »Sie laden ihn zu einem Drink ein«, schlug er vor. »Dann, nach etwa zwanzig Gesprächsminuten lassen Sie ganz beiläufig die Bemerkung fallen, dass Sie ihn heiraten möchten und viel Sex und viele Kinder haben wollen.«

»Das wissen Sie?«, staunte Sarah.

»Ja. Und Karl weiß es auch. Denken Sie darüber nach – all Ihren Kollegen zuliebe.«

»Selbstverständlich.« Sarah nickte ernsthaft. «Ausgezeichnet. Mach ich. Vielen Dank, Sir.«

Als sie aufstand und sich zum Gehen wandte, bewahrheitete sich das Sprichwort vom Teufel, von dem man angeblich nur zu sprechen braucht, um ihn erscheinen zu lassen. Die Tür wurde vor Sarah geöffnet, und ein unglaublich gut aussehender Mann trat ein – Karl.

»Hi, Sarah!«, sagte er freundlich.

»Hi, Karl«, erwiderte sie völlig beiläufig.

Als sie die Tür hinter sich geschlossen hatte, draußen im großen Büro, blieb sie stehen und holte tief Luft. Dann schaltete sie ihr Handy wieder ein. Es klingelte sofort. Sie meldete sich.

»Hallo, Schätzchen«, sagte sie sanft. »Na klar. Schieß los.« Sie trat auf Mel zu, die wieder an ihrem Schreibtisch saß. »Sie sind Mel, nicht wahr? Würde es Ihnen was ausmachen, das Radio auszuschalten? Zu dieser Tageszeit kann ich den Song einfach noch nicht ertragen.«

Mel drückte auf die Taste, und »Christmas Is All Around« verstummte.

Das Fest der Liebe

»Und das war er!«, rief Discjockey Chris Zachary in das Studio-Mikrofon des lokalen Radiosenders. »Der Weihnachts-Beitrag des einst großartigen Billy Mann! Meine Güte, wie tief kann ein Mensch bloß sinken! Ich würde sagen, das ist die schlechteste Platte des Jahrhunderts. Und …«

Er unterbrach sich, als er durch die Studiofenster seinen Kollegen Michael Simmons sah. Mike schüttelte entsetzt den Kopf und fuhr sich mit ausgestrecktem Zeigefinger über den Adamsapfel. Chris blickte auf den Sendeplan, den er vor sich liegen hatte, und erschrak, als ihm klar wurde, dass er gewaltig ins Fettnäpfchen getreten war.

»Ach ja!«, sagte er rasch. »Zufällig, glaube ich, ist Billy Gast in der Sendung meines geschätzten Kollegen Mike – in ein paar Minuten. Willkommen zurück an Bord, Bill!«

Im Foyer des Senders, wo das laufende Programm über Lautsprecher zu hören war, saßen Billy Mann und Joe Alstyne. Beide waren niedergeschmettert, fix und fertig, und man sah es ihnen an. Doch es kam niemand vorbei, den das interessiert hätte.

Zehn Minuten später saß Billy bei Michael Simmons im Studio.

»Und hier begrüße ich Billy Mann!«, rief Mike ins Mikro. »Billy, herzlich willkommen, wieder im Äther, mit einer neuen

Weihnachts-Single – einer Cover-Version von ›Love is All Around‹.«

»Außer, dass wir das Wort ›Liebe‹ in ›Weihnachten‹ geändert haben«, sagte Billy bescheiden.

»Ja – ›Christmas is All Around – Weihnachten ist überall‹! Ist das in deinen Augen eine wichtige Botschaft, Bill?«

»Nein, eigentlich nicht, Mike.« Billy schüttelte traurig den Kopf. »Weihnachten ist für die Menschen, in deren Leben es jemanden gibt, den sie lieben.«

»Und das trifft auf dich nicht zu?«

»Nein, leider nicht, Michael. Als ich jung war und Erfolg hatte, war ich habgierig und dumm. Und jetzt habe ich niemanden mehr, bin verschrumpelt und allein.«

»Wow!«, sagte Mike tief beeindruckt. »Danke, Billy.«

»Wofür?«, entgegnete der alternde Rock-Star.

»Ganz einfach – dafür, dass du eine aufrichtige Antwort auf eine Frage gegeben hast. Ich kann dir sagen, das geschieht nicht oft, hier, auf Radio Wapping.«

Billy schmunzelte. »Frag mich, was du willst. Ich sage die Wahrheit.«

Mike grinste. »Die beste Nummer deines Lebens?«

»Britney Spears«, antwortete Billy und fügte rasch hinzu: »Nein, nein, das war nur Spaß. Also – sie war echt lahm. O Mann, nein, das ist auch bloß Spaß.«

»Okay«, sagte Mike gedehnt. »Dann mal eine ernsthafte Frage: Wie findest du deine neue Aufnahme im Vergleich zu der alten Version?«

»Ach, Mike.« Billy schüttelte müde den Kopf. »Du weißt genauso gut wie ich, dass die neue Platte Schrott ist. Aber weißt du – wäre es nicht großartig, wenn die Nummer eins der Charts dieses Jahr zu Weihnachten nicht von so einem selbstgefälligen Teenager kommen würde, sondern von einem hässlichen alten

Ex-Heroin-Abhängigen, der um jeden Preis auf ein Come-back aus ist? All diese jungen Pop-Stars liegen zu Weihnachten nackt auf dem Rücken und lassen ein scharfes Groupie auf ihren Eiern balancieren. Aber ich liege in einem versifften Hotel – mit meinem Manager Joe, dem hässlichsten Kerl der Welt – und fühle mich gottverdammt beschissen, weil unsere beschissene Rechnung nicht aufgegangen ist. Wenn ihr also an den Weihnachtsmann glaubt, liebe Kinder, wie es Euer Onkel Bill auch tut, dann kauft meine hirnrissige Platte und freut euch besonders über die krasse Stelle in der vierten Textzeile, wo wir versuchen, eine Extra-Silbe reinzuquetschen.«

»Ich nehme an«, dozierte Mike, »du beziehst dich auf ›If you really love Christmas – wenn du Weihnachten wirklich magst‹.«

»So ist es, Mike. ›Come on and let it snow – Komm und lass es schneien‹, au, das tut weh.«

»Dann kommt er hier und jetzt noch mal«, verkündete Mike, »der Außenseiter im diesjährigen Rennen um den Weihnachts-Hit Nummer Eins – ›Christmas is All Around‹! Danke, Billy. Und im Anschluss hören wir die Nachrichten. Schlagzeile: ›Steckt der neue Premierminister schon in Schwierigkeiten?‹«

David Farley war unzufrieden, und er hielt damit nicht hinter dem Berg. Während er den Verkehrsminister und dessen obersten Berater aus seinem Büro geleitete, sagte er es klar und unmissverständlich:

»Tut mir Leid, George, aber ich brauche mehr als das. Die Leute werden dieses Um-den-heißen-Brei-Herumreden nicht mehr akzeptieren. Sonst hätten sie ja gleich die anderen Zombies wählen können.«

Er schloss die Tür hinter den beiden betroffen davonschleichenden Männern. Kaum hatte er das getan, klopfte es, und Natalie trat ein.

»Natalie!«, sagte der Premierminister, und seine Miene hellte sich auf.

»Sir«, erwiderte sie, wie sie es mittlerweile gelernt hatte. Sie trug einen Stapel Akten herein, legte ihn auf den Schreibtisch und wollte wieder hinaus.

»Äh …«, stoppte David ihre Schritte. »Ich fange an, mich unwohl zu fühlen, wo wir doch die ganze Zeit in so … so unmittelbarer Nähe sind, und ich … so wenig über Sie weiß. Das halte ich für eine elitäre und falsche Einstellung.«

Natalie senkte verlegen den Kopf. Dann blickte sie wieder auf. »Über mich gibt es nicht viel zu wissen.«

»Wo wohnen Sie?«, fragte David.

»In Wandsworth. In dem üblen Teil.«

»Meine Schwester wohnt auch in Wandsworth«, entgegnete er. »Wo genau ist der üble Teil?«

»Da, wo die High Street zu Ende ist, dann die Harris Street, gleich in der Nähe des Queen's Head.«

David nickte versonnen und zog die Mundwinkel nach unten. »Stimmt, ja, das ist eine ziemlich üble Gegend. Und Sie wohnen mit ihrem Freund zusammen? Mit Ihrem Ehemann? Mit drei unehelichen aber reizenden Kindern?«

Natalie errötete leicht. »Nein, Sir. Ich habe mich gerade von meinem Freund getrennt. Deshalb wohne ich vorläufig wieder bei meiner Mom und meinem Dad.«

»Oh, das tut mir Leid.«

»Nein, nein, ist schon in Ordnung. Es geht mir gut, seit ich ihn los bin.« Um ihre Verlegenheit zu überspielen, fing sie an, die Akten auf dem Schreibtisch zu ordnen. Und leise, scheinbar beschämt, fügte sie hinzu: »Er hat gesagt, ich werde dick.«

»Wie bitte?«, rief David.

Sie bestätigte es mit einem Nicken, das Verletztheit ausdrückte. »Er sagt, niemand mag ein Mädchen, das Schenkel mit dem Umfang von Baumstämmen hat. Er ist eigentlich kein netter Kerl, alles in allem.«

David setzte sich hinter den Schreibtisch und tat, als würde er seine Arbeit fortsetzen.

»Tja, also ...« Scheinbar beiläufig hob er den Kopf. »Wissen Sie, ich als Premierminister könnte ihn einfach ermorden lassen.«

»Danke, Sir.« Natalies Gesicht entspannte sich zu einem Lächeln. »Ich werden darüber nachdenken.«

»Tun Sie das.« David nickte ihr aufmunternd zu. »Gnadenlose, militärisch ausgebildete Killer sind nur einen Telefonanruf von mir entfernt.«

Ihre Blicke hielten aneinander fest, und dann mussten sie beide lachen. Als Natalie hinausging, wurde ihm bewusst, dass er sie in einem Moment der Betrübnis aufgeheitert hatte.

»O Gott«, seufzte er und blickte zu dem Ölgemälde einer sehr streng dreinblickenden Margaret Thatcher auf. »Hatten Sie ein Problem dieser Art?« Nachdem er seine frühere Amtskollegin eine Weile betrachtet hatte, kam er zu dem Ergebnis: »Ich vermute sehr, dass das nicht der Fall war.«

Mel Jermyn war in ihren Freizeitklamotten – Jeans, irischer Pullover und Sportschuhe – das glatte Gegenteil der modisch elegant gekleideten Angestellten im Fairtrade-Büro. Doch ihre Schönheit ließ sich durch nichts beeinträchtigen. Vorbei an Unmengen eingepackter Bilder schlenderte sie mit Mark Doherty durch die Räume der Kunstgalerie, in der er arbeitete.

»Was für ein aufregender Augenblick«, sagte er. »Diese unscheinbaren Pakete enthalten unsere neue Ausstellung – Fotos von keinem Geringeren als dem großen John Siekart.«

»Aufregende Sache«, stimmte Mel ihm zu. »Wie lautet das Thema?«

»Er sagte ›Weihnachten‹. Das richtige Familien-Ding, was für die breite Masse.« Mark nahm sich das erste Paket vor. »Na, dann wollen wir mal ... Ah, interessant!«, rief er, als das Foto zum Vorschein kam. »Klassisch. Kahl – fatal!«

Mel wurde nachdenklich, als sie sah, was Mark gerade aus dem Packpapier geschält hatte. Es war ein riesiges Foto einer nackten Frau, deren Schamhaar säuberlich rasiert und zurechtgestutzt war – in die Form eines Weihnachtsbaums.

Eine Stunde später war Mark in pure Verzweiflung ausgebrochen. Mel hatte Starbucks-Kaffee geholt, stellte die beiden Becher vor ihn hin und setzte sich zu ihm auf den Fußboden. Um die Aufmunterung vollkommen zu machen, schaltete sie das Radio ein.

»Mein Gott!«, klagte Mark. »Es ist Pornografie! Es ist schlicht und einfach Pornografie. Die Sittenpolizei wird eine Haussuchung bei uns machen.«

Mel nippte an ihrem Kaffee und sah ihn über den Becherrand hinweg an. »Ich trage mich mit dem Gedanken, ein Verhältnis mit meinem Chef anzufangen. Was hältst du davon?«

»Ist er verheiratet?«

»Ja.«

»Dann ist es eine schlechte Idee«, entschied Mark. »Das Ehegelübde ist heilig.«

»Stimmt. Obwohl ich eine überzeugte Anhängerin des Handelns aus dem Instinkt heraus bin.«

»O nein!«, rief Mark beschwörend. »Tu das bitte nicht!«

Mels Lächeln nahm einen verführerischen Zug an. »Andererseits könnte ich natürlich auch ein Verhältnis mit dir anfangen.«

»Nein!« Mark richtete die Augen zur Zimmerdecke.

»Warum nicht?«, fragte Mel verwundert.

»Lass uns das nicht vertiefen«, wehrte Mark ab. Einen Moment lang musterte er sie schwärmerisch. »Siehst du bei der Arbeit auch so hinreißend aus?«

»Ja, wenn auch auf eine andere Weise.«

»Dann ist er verloren, nicht wahr?«

»Ich glaube, ja«, antwortete Mel, und ein geheimnisvolles Lächeln umspielte ihre Mundwinkel. Sie zündete sich eine Zigarette an.

Aus dem Radio war die Ansage des Moderators zu hören. »Noch sechs Wochen bis Weihnachten – und hier sind sie ... auf dem Weg zur magischen Position Nummer eins der Charts ... ja, hier ist ›Westlife‹!«

Am nächsten Tag, als sie in Harry Trevors Büro stand, hatte Mel jene äußerliche Verwandlung vollzogen, von der sie Mark gegenüber gesprochen hatte. Sie trug ein graues, eng anliegendes Kostüm, das ihre perfekte Figur auf einfache und dennoch raffinierte Weise zur Geltung brachte.

»Kommen wir jetzt zur Weihnachtsfeier«, sagte Harry. »Nicht gerade mein Lieblingsabend im Jahr. Und Sie werden die undankbare Aufgabe haben, ihn zu organisieren.«

»Ich höre«, erwiderte Mel.

»Es sollte nichts Übertriebenes sein. Suchen Sie ein geeignetes Lokal. Sorgen Sie für Übererfüllung der Getränke-Quote. Ordern Sie die Guacamole im Großmengen-Einkauf. Und weisen Sie die weiblichen Angestellten darauf hin, dass sie Kevin aus dem Weg gehen sollten, wenn sie ihre Brüste unbegrabscht wissen möchten.«

»Wird gemacht. Was ist mit Frauen und Familienangehörigen und dem ganzen Drum und Dran?«

»Das geht in Ordnung. Ich meine, keine Kinder, aber Ehefrauen, Freundinnen und so weiter.« Harry unterbrach sich und sah Mel geradezu erschrocken an. »Du lieber Himmel, haben Sie womöglich einen hässlichen, einsachtzig großen Freund mit Goldzähnen, den Sie mitbringen werden?«

»Nein«, antwortete Mel in beruhigendem Ton. »Ich werde in der Nähe des Mistelzweigs herumhängen und darauf warten, geküsst zu werden.« Sie widmete Harry einen tiefen Blick, und auf einmal schien sich die Luft in seinem Büro elektrisch aufzuladen.

»Ach ... äh, wirklich?«, stotterte er. »Tatsächlich? Na ja ...« Er konnte Mels Lächeln nicht sehen, als sie in majestätischer Körperhaltung und mit ihren unvergleichlich graziösen Schritten hinausging. Harrys Verwirrung hielt noch minutenlang an. Er schüttelte den Kopf und blinzelte heftig, in der Hoffnung, seine Gedanken würden sich wieder besser sortieren lassen.

Nebenan saß Mel bereits wieder an ihrem Computer, und ihre schlanken Finger bedienten die Tastatur mit vollendeter Sicherheit. Ihre Miene spiegelte jenes Maß von Selbstsicherheit, das allen Anwesenden klar machte, wie uneingeschränkt souverän sie ihren Job beherrschte. In jeder Beziehung, aber wirklich in jeder.

Millionen von Tastaturen klapperten zur selben Zeit überall in Europa, überall auf der Welt. In den meisten Fällen handelte es sich um die zeitgemäßen Computer-Tastaturen. Eine der seltenen Ausnahmen gab es in Frankreich, in einem hübsch renovierten Bauernhaus in der Nähe von Marseille. In dem Arbeitszimmer dort hackten kräftige männliche Finger auf die Tasten eines Geräts, von dem spöttische Leute behaupteten, es stamme aus der Steinzeit.

James Bennett störten solche Bemerkungen nicht. Schreibmaschine und Papier waren das Handwerkszeug, das er nicht missen mochte. Zu viele rätselhafte Dinge passierten seiner Meinung nach in dem Gehäuse eines Computers; zu viel Unerklärliches geschah mit seinen Gedanken, bevor sie sichtbar wurden. Die Typenhebel einer Schreibmaschine dagegen knallten die Buchstaben hörbar und nachvollziehbar aufs Papier. Allein dieses Geräusch war für Jamie so etwas wie der akustische Beleg eines kreativ-produktiven Vorgangs.

Es klopfte an der Haustür. Jamie hörte, dass es Eléonore war. Die wenigen Menschen, die sich hier auf dem Land zu ihm verirrten, vermochte er alle an der Art und der Lautstärke ihres Klopfens zu identifizieren. Allen voran natürlich Eléonore, seine Hausverwalterin. Dann der Briefträger und die wenigen Leute aus der weit entfernten Nachbarschaft.

Jamie öffnete und sah, dass er sich nicht geirrt hatte.

»Bonjour, Monsieur Bennett«, begrüßte ihn die Verwalterin, eine resolut aussehende Frau mittleren Alters.

»Bonjour, Eléonore«, erwiderte Jamie und lächelte erfreut. Es tat gut, wieder hier zu sein, unter verlässlichen Menschen.

»Seien Sie willkommen«, sagte Eléonore. Sie sprach Englisch mit einem starken französischen Akzent. »Und haben Sie diesmal eine Lady in Ihrer Begleitung?«

»Nein«, antwortete Jamie. »Ich habe meine Pläne geändert.«

»Das ist schade.« Eléonores Blick nahm einen mitfühlenden Ausdruck an. »Bleiben Sie denn bis Weihnachten?«

»Ja. Bis ich an den riesigen Busen meiner Familie zurückkehre.«

»Das ist gut«, lobte ihn Eléonore, wie eine Mutter ihren Sohn lobt. »Und ich habe diesmal eine perfekte Lady für Sie gefunden, die Ihnen das Haus sauber machen wird.« Mit einer Handbewegung wies sie nach links. »Dies ist Aurelia.«

Jamie hob erstaunt die Augenbrauen und machte einen Schritt über die Türschwelle. Erst jetzt sah er Eléonores Begleiterin, die sich nicht gleich in sein Blickfeld getraut hatte. Aurelia war dunkelhaarig, eine sympathische Frau von etwa fünfunddreißig Jahren. Sie hatte ein hübsches Gesicht und trug ein einfaches, billiges Kleid.

»Bonjour, Aurelia«, sagte Jamie freundlich.

»Bonjour«, antwortete sie leise und mit respektvoll gesenktem Kopf.

Jamie probierte sein Französisch aus. Er hatte einen mörderischen englischen Akzent. »Je suis t- t- très heureux de vous avoir ici – Ich freue mich sehr, Sie hier zu haben.«

Aurelia sah ihn verwundert an.

»Leider kann Sie kein Französisch«, erklärte Eléonore. »Wie Sie. Sie ist Portugiesin.«

Jamies Miene hellte sich auf. »Ah – aha!«, rief er. »Buon giorno! Äh ... Eusebio ... molto bueno!« Er machte einen Fußballer nach, indem er auf der Stelle dribbelte und einen imaginären Ball kickte.

»Ich glaube«, belehrte ihn Eléonore, »sie ist zehn Jahre zu jung, um sich zu erinnern, dass es einen Fußballer namens Eusebio gab. Und ›molto bueno‹ ist eine Mischung aus Italienisch und Spanisch.«

»Ach ja, natürlich.« Jamie kehrte zu seiner Muttersprache zurück. Er reichte Aurelia die Hand. »Freut mich, Sie kennen zu lernen.«

»Und vielleicht fahren Sie sie nach Hause, wenn sie mit ihrer Arbeit fertig ist«, schlug Eléonore vor.

»Aber natürlich«, stimmte Jamie zu, ohne den Blick von Aurelia abzuwenden. »Con grande plesoro.«

»Was war denn das?«, erkundigte sich Eléonore verdutzt. »Ungarisch?«

»Ja«, behauptete Jamie. »Es heißt ›Mit großem Vergnügen‹.«

Seltsam leise Musik drang durch Sams geschlossene Zimmertür, als Daniel an diesem Samstagmorgen daran vorbeiging. Psychedelische Klänge, vermutete er, etwas, das zu Sams Stimmung passte.

Kopfschüttelnd setzte Daniel seinen Weg fort, die Treppe hinunter ins Büro. Er setzte sich an den Schreibtisch und fuhr den Computer hoch. Ein Arbeitsblatt erschien auf dem Bildschirm. Er hatte es selbst als Nummer eins in das Autostart-Programm eingegeben. Doch an diesem Morgen ödete ihn der Bildschirm-Inhalt an, kam ihm vor wie das langweiligste aller langweiligen Behörden-Formulare.

Er tippte »Excite« und dann als Suchwort »Claudia Schiffer«. Sofort erschien eine Liste mit den Adressen von zehn Websites über sein Lieblings-Model. Die vierte in der Liste hieß »Claudia Schiffer naked naked naked«.

Daniel klickte die Site an, und sofort flammte ein verführerisches Foto von Claudia auf dem Bildschirm auf. Es folgte eine Liste von weiteren Fotos, die mit »Gallery 1«, »Gallery 2« und weiter fortlaufenden Nummern untertitelt waren. Er klickte eines der Fotos an, und auf dem Bildschirm erschienen reihenweise kleinere Fotos von Claudia Schiffer. Auf vielen war sie nicht vollständig bekleidet. Er doppelklickte auf eines der Bilder, doch statt der erwarteten großformatigen Ausgabe erschien ein Formular, das den Betrachter darauf hinwies, er komme jetzt nicht weiter, ohne seine Kreditkarten-Nummer anzugeben.

Daniel dachte nicht daran, sich auf solche Tricks einzulassen. Deshalb klickte er den Button »Close« an, um die Seite zu schließen. Doch statt sich zu leeren, füllte sich der Bildschirm jäh mit Unmengen von Fotos nackter junger Frauen. Es war eine Website, die sich »XXXX Teen Sluts« nannte.

Daniel hörte einen Wagen, der in diesem Augenblick draußen vorfuhr. Rasch schloss er »XXXX Teen Sluts«, doch immer mehr Seiten zuckten auf den Schirm, zunehmend pornografischen Inhalts und stets mit einschlägigem Vulgär-Vokabular in den Adresszeilen. Je verzweifelter Daniel die Seiten zu schließen versuchte, desto mehr Boxen mit Sex-Sites reihten sich aneinander. Schließlich blieb eine Internetseite stehen, die mit der Überschrift »Women f...king animals« warb und unmissverständliche Fotos als Anreißer zeigte.

Daniel stieß einen gedämpften Zornesschrei aus. Er versuchte, die Schreckens-Site zu schließen, aber auf dem Bildschirm rührte sich nichts mehr. Das Sodomie-Produkt fror regelrecht fest und ließ sich nicht mehr beseitigen.

In diesem Augenblick klingelte es an der Haustür. Panik packte Daniel, als er feststellte, dass er den Cursor nicht mehr bewegen konnte und daher nicht in der Lage war, die verdammte Site zum Verschwinden zu bringen. Er sprang auf, hastete zum Stecker und zog ihn heraus. Doch es änderte nichts. Die obszöne Bildschirmseite stand unverrückbar wie ein Plakat. Daniel sah sich gehetzt um, suchte nach einem Ausweg. In seiner Verzweiflung fiel ihm nichts Besseres ein, als seinen Pullover auszuziehen und über den ausgesprochen großen Bildschirm zu werfen.

Dann eilte er hinaus und öffnete die Haustür. Draußen stand sein Schwiegervater.

»Hallo, Matthew!«, sagte Daniel, ein wenig außer Atem.

Sie schüttelten sich die Hände, sahen sich einen Moment stumm an und fielen sich dann in die Arme. Alles, woran sie denken konnten, war die Ehefrau, die Tochter.

»Es ist immer noch hart, nicht wahr?«, sagte Matthew schließlich.

»Ja«, bestätigte Daniel leise. »Immer noch sehr schwer. Komm rein und setz dich.«

»Gern«, antwortete Matthew. »Ich habe ein kleines Geschenk für meinen Enkel mitgebracht. Ihm verdanke ich es, dass ich jetzt angefangen habe, den Computer zu benutzen, den du mir gegeben hast.«

»Wirklich?«, staunte Daniel.

»Ja, stell dir vor, ich habe eine fantastische Golf-Site gefunden. Ach, die könnte ich dir eigentlich gleich mal zeigen. Wo ist dein Computer?«

»Äh ...« Daniel streckte abwehrend die Hand aus. »Wollen wir nicht erst einen Drink ...?«

»Nein, nein, ich bestehe darauf«, unterbrach ihn sein Schwiegervater. »Wo ist dein Computer? Im Büro, nehme ich an.« Und ohne eine Antwort abzuwarten, steuerte er auf den Raum zu, in dem das entsetzliche Geheimnis lauerte.

In erneut aufwallender Verzweiflung zermarterte Daniel sein Hirn auf der Suche nach einem Ausweg, während er Matthew folgte und mit ansehen musste, wie das Verhängnis seinen Lauf nahm. Das bisschen Zeit, das ihm blieb, so fürchtete er, würde kaum ausreichen, um eine halbwegs plausible Ausrede zu finden.

Matthew nahm den Pullover weg, und Daniel rechnete mit dem größten anzunehmenden Schock. Doch der Bildschirmschoner hatte sich bereits eingeschaltet, zeigte eine schwarze Fläche. Daniel atmete auf, dankbar für den Aufschub. Und plötzlich, buchstäblich in letzter Sekunde, hatte er den rettenden Einfall.

Matthew hatte eine fachmännische Miene aufgesetzt. Er tippte auf eine Buchstabentaste, und die Website mit der schlagzeilenhaften Überschrift »Women f..king animals« erschien auf dem Bildschirm. Matthew richtete sich auf wie in Zeitlupe, drehte sich ebenso langsam um – und starrte Daniel an.

Daniel starrte zurück.

»Nein!«, stieß er voller Abscheu hervor. »Das ist ja widerlich! Sam! Wo ist Sam? Also, das geht jetzt wirklich zu weit.« Er wirbelte sich herum und lief die Treppe hinauf.

Oben angekommen, öffnete er Sams Tür, trat ein und sagte ohne Einleitung: »Möchtest du fünfzig Pfund – ja oder nein?«

»Hundert würde ich vorziehen», antwortete sein Stiefsohn reaktionsschnell.

»Okay.« Daniel nickte hektisch. »Dann lass alles über dich ergehen, was in der nächsten Minute passiert. Geh nicht dagegen an, sieh einfach alles ein, was ich sage.«

»In Ordnung«, erwiderte Sam knapp.

»Gut«, sagte Daniel zufrieden und sprach mit Donnerstimme weiter: »... kommst du mit runter, junger Mann, und zwar sofort!«

Gleich darauf, nachdem sie das Büro betreten hatten, zeigte Daniel mit ausgestrecktem Zeigefinger auf den Computer-Bildschirm und fuhr den Jungen an: »Was ist das, junger Mann?«

Sam zuckte mit den Schultern. »Ich weiß nicht, sieht aus wie eine Website über Frauen, die Sex mit Tieren haben.«

»Und wie kommt das hierher?« Daniel schnaufte und hielt inne. Ihm wurde bewusst, dass ihm die Sache aus dem Ruder laufen konnte. Deshalb schimpfte er rasch weiter: »Okay, ich sage dir, wie das kam. Du hast meinen Computer benutzt und diesen Schmuddelkram aufgerufen. Hast du das getan oder nicht?«

»Ja, hab ich«, antwortete Sam.

»Ich weiß nicht, was ich sagen soll.« Daniel schüttelte fassungslos den Kopf. »Ich hoffe, du schämst dich wenigstens.«

»Ja, tue ich.«

»Es ist Ekel erregend.«

»Ja, ist es.«

Matthew mischte sich ein. »Macht euch keine Sorgen. Wir

haben alle unsere unterschiedlichen Wege, mit der Trauer fertig zu werden. Und dies ist vielleicht deine, Sam. Also …«, er lächelte gütig, »schalten wir die Kiste einfach ab.« Er beugte sich über den Rechner und drückte einen Knopf an der Rückseite.

Der Bildschirm erlosch.

Daniel stand da wie vom Donner gerührt. »Wie hast du denn das gemacht?«, rief er.

»Das ist der Löschknopf an der Rückseite«, antwortete Matthew.

»Ach so.« Daniel war restlos irritiert. »Praktisch!«

»Und jetzt sollten wir das Ganze vergessen«, schlug Matthew vor.

»So schnell kann ich das nicht vergessen«, widersprach Daniel. An Sam gewandt, fuhr er fort: »Ich bin wirklich böse mit dir, junger Mann. Deshalb gibt's jetzt einen Monat Taschengeldsperre für dich.«

Daniel und Sam gingen gemeinsam zum Geldautomaten, als der peinliche Vorfall eine Stunde zurücklag. Die Maschine spuckte die angeforderten Scheine aus, und Daniel zählte sie Sam direkt in die Hand.

»… achtzig, neunzig, hundert.« Daniel klopfte ihm auf die Schulter. »Gute Arbeit, mein Sohn.«

Sam grinste listig, rollte die Scheine zusammen und stopfte sie in seine Hosentasche.

»Nur eines verstehe ich nicht«, sagte er, als sie sich auf den Heimweg machten. »Warum hast du dir im Internet Frauen angesehen, die Sex mit Tieren machen?«

»Hab ich doch gar nicht«, erwiderte Daniel. »Ich habe gearbeitet und … na ja, ich musste was über Claudia Schiffer nachsehen, für meine Arbeit. Und dann, als ich die verdammte

Seite schließen wollte, kam dieser ganze Kram auf den Bildschirm.«

Sam nickte, als hätte er nichts anderes erwartet. »Du musst ›Claudia Schiffer nackt‹ angeklickt haben.«

»Nein!«, verteidigte sich Daniel lahm.

»Doch, musst du«, konterte Daniel beharrlich. »Es ist Nummer vier auf der Claudia Schiffer-Liste – ›Claudia Schiffer naked naked naked‹. Wenn du einfach die Claudia Schiffer-Homepage aufgerufen hättest, wäre das nicht passiert.«

Daniel konnte nicht sofort antworten. »Also gut«, sagte er dann, »ich habe ›Claudia Schiffer naked naked naked‹ aufgerufen, du geldgieriger kleiner Bastard.« Er begann zu lachen.

»Du Perverser«, entgegnete Sam und feixte.

»Langweiliger Computerfreak!«, prustete Daniel.

»Verklemmter Porno-Fan«, kicherte Sam.

Daniel zeigte mit dem Finger auf ihn. »Erpresser mit schräger Frisur!«

Und sie brachen beide in Gelächter aus und konnten auch dann nicht mit dem Lachen aufhören, als sie wieder auf dem Bürgersteig vor ihrem Haus standen. Zu guter Letzt waren sie Freunde geworden. Sie spürten es durch ihre gemeinsame Heiterkeit, zum ersten Mal seit dem Tod von Sams Mutter.

Auf der Tagesordnung stand das Thema Entwicklungshilfe. Premierminister David Farley hatte Alex Carter, den Minister für dieses Ressort, zu einer Besprechung in sein Büro eingeladen.

Natalie brachte eine Tasse Kaffee und einen Teller mit Keksen, wie bestellt, und wollte auf leisen Sohlen wieder hinaus, ohne das Gespräch zu stören.

»Sagen Sie, Natalie«, stoppte David sie. »Was würden Sie davon halten, wenn wir die Entwicklungshilfe für die Dritte

Welt erhöhen? Liberaler Unsinn, oder verantwortungsbewusste Politik?«

»Ich finde, es ist keine schlechte Idee«, antwortete Natalie. »Wir können alle mit ein bisschen weniger auskommen – und den armen Leuten in diesen Ländern ein bisschen mehr geben.«

»Sehr gut.« David nickte und wandte sich seinem Gesprächspartner zu. »Sehen Sie, Alex. Die öffentliche Meinung ist auf meiner Seite.«

Natalie kehrte zum Schreibtisch zurück und nahm den Teller mit den Keksen. »So gehen Sie mit gutem Beispiel voran«, sagte sie verschmitzt.

David verzog entgeistert das Gesicht. »Auf der anderen Seite …«, sagte er, an Carter gewandt, während Natalie das Büro verließ, »ist es vielleicht doch keine so gute Idee.«

Nach einem Moment des Schweigens, als das Echo des Lachens in ihren Köpfen verklungen war, wagte Daniel den Sprung ins kalte Wasser.

»Also – was ist dein Problem, Sammy?«, fragte er. »Ist es nur wegen Mom? Oder ist es etwas anderes? Vielleicht irgendwas in der Schule? Wirst du bedroht – erpresst? Oder ist es womöglich etwas noch Schlimmeres? Kannst du mir nicht wenigstens einen kleinen Hinweis geben?«

»Willst du das wirklich wissen?«

»Ja, will ich.«

»Auch wenn du nichts tun kannst, um mir zu helfen?« Sam sah ihn an, eine Mischung aus Zweifel und aufkeimender Hoffnung im Gesicht.

»Selbst wenn das der Fall ist, will ich es wissen«, bekräftigte Daniel.

»Okay.« Sam atmete tief durch. »Die Wahrheit ist, ich bin verliebt.«

»Wie bitte?«, entfuhr es Daniel.

»Ich weiß, ich müsste eigentlich die ganze Zeit an Mom denken«, erwiderte Sam leise. »Das tue ich auch. Aber es ist nun mal so, dass ich verliebt bin. Ich war es schon vor Moms Tod, und ich kann daran einfach nichts ändern.«

Daniel war dabei, sich von seiner Überraschung zu erholen. »Bist du nicht ein bisschen jung, um verliebt zu sein?«

»Nein.«

»Na gut.« Daniel nickte versonnen. »Ich muss zugeben – ich bin ein wenig erleichtert.«

»Warum?« Sam blickte zu ihm auf.

»Na ja, weißt du, ich hatte gedacht, es wäre etwas Schlimmeres.«

Sam schüttelte verständnislos den Kopf. »Gibt es etwas Schlimmeres als die Qualen der Liebe?«

»Hm ... nein, du hast Recht.« Daniel überlegte. »Warte mal, was genau machst du dann die ganze Zeit in deinem Zimmer?«

»Komm mit«, forderte Sam ihn auf. Er schien inzwischen regelrecht froh darüber zu sein, das große Geheimnis seines Lebens preisgeben zu können.

Nachdem sie das Haus betreten hatten, führte der Junge seinen Stiefvater auf direktem Weg in sein Zimmer.

Daniel trat ein, als die Tür vor ihm aufschwang. Mit großen, staunenden Augen betrat er den Raum, der voll gestopft war mit Motiven von Romantik und Liebe. Poster von einschlägigen Kinofilmen bedeckten die Wände – *Schlaflos in Seattle, Moulin Rouge* und *Dirty Dancing* waren nur einige, die Daniel auf einen Blick erfassen konnte.

Sam schaltete den CD-Player ein, und Dusty Springfield sang ihr gefühlvolles »You Don't Have To Say You Love Me«. Sam ging hinüber zum Schrank und öffnete das Fach mit den Kauf-Videos und DVDs. Auch dort wimmelte es von Liebes-Titeln;

von *Romeo und Julia* bis zu *Harry und Sally* waren alle romantischen Produktionen der letzten zwanzig bis dreißig Jahre vertreten.

Sam betätigte die Fernbedienung, und auf dem Bildschirm erschien Leonard DiCaprio in seiner Rolle als amerikanische Romeo-Version. Ein Lichtschalter, den Sam betätigte, beleuchtete auf dramatische Weise ein Foto von DiCaprio und Kate Winslet; an der Rückseite des Aquariums befestigt, zeigte es das *Titanic*-Liebespaar in der Gesellschaft der Fische.

»Wow!«, rief Daniel. »Mehr Variationen zum Thema Liebe gibt's wohl kaum.«

»So ist es«, bestätigte Sam. »Ich habe versucht, in den Filmen ein paar hilfreiche Hinweise zu finden. Und die Musiktitel tun einem gut.«

Daniels Handy klingelte. Er meldete sich.

»Wenn es dir immer noch schlecht geht«, sagte Karen, »kannst du heute Abend zum Essen zu uns kommen.«

»Nein danke«, antwortete Daniel. »Ich erlebe gerade so was wie einen Durchbruch.«

»Das nenne ich gute Neuigkeiten.« Karen freute sich hörbar. »Erzähl mir morgen darüber.«

Karen legte auf und wandte sich ihrem Mann zu. »Gott sei Dank. Eigentlich bin ich froh, dass Daniel nicht kommen kann. Bernie ist ja so ein Ferkel, wenn wir Gäste haben …«

Harry saß in seinem Lieblingssessel, in die Zeitung vertieft. Er gab ein beiläufiges »Mhm« von sich, ohne auch nur den Kopf zu heben. Er wirkte viel weniger motiviert als in seinem Büro in der Führungsetage der Fairtrade Foundation.

Auf ihrem Weg vom Sideboard zum Sofa kam Karen an einem Wandspiegel vorbei und betrachtete sich selbst mit einem missmutigen Seitenblick.

»O Gott«, seufzte sie. »Wann wird mein Hintern endlich aufhören, größer zu werden? Ein monumentales Monstrum ist er ja jetzt schon.«

Harry hob nun doch den Kopf. Sein Gesicht war ausdruckslos, als er seine Frau ansah.

Karen ließ sich auf ihrem angestammten Platz in die Polster sinken. »Hast du mit Sarah gesprochen?«, fragte sie.

»Ja«, antwortete er. »Sie sagt, heute ist der Abend, an dem sie ihren entscheidenden Schritt machen wird.«

Zur selben Zeit war das Fairtrade Office bereits wie ausgestorben. Nahezu alle Schreibtische waren verwaist; nur Sarah saß noch in dem großen Büro. Obwohl sie wusste, dass sie allein war, sah sie sich verstohlen um, bevor sie den Make-up-Spiegel aus der Handtasche kramte und Lippenstift auftrug.

Harry hatte ihr erzählt, dass Karl an diesem Abend länger arbeiten würde. Ein Dampfer mit biologisch unbedenklichen Bananen aus Peru war eingetroffen, und die Inlands-Verladung der Partie musste so schnell wie möglich abgewickelt werden. Sarah vermutete, dass Karl drüben in seinem eigenen Büro nun nicht mehr allzu lange damit beschäftigt sein würde.

Sie selbst hatte als Vorwand für ihre Überstunden die fällige Kolumbien-Kaffee-Statistik genannt. Einige der geschätzten Kolleginnen hatten sich trotzdem mit lautstarken Bemerkungen verabschiedet wie: »Was? Du willst immer noch keinen Feierabend machen?«

Sarah steckte den Handspiegel und den Lippenstift zurück in die Tasche, als sie das Geräusch einer Tür hörte, die weit hinten geöffnet wurde. Ihr Blick streifte das gerahmte Bild eines gut aussehenden jungen Mannes auf ihrem Schreibtisch, und ihre Lippen formten wie von selbst ein sanftes, warmherziges Lächeln.

Es war Karl, der seine Tür geöffnet hatte. Auf dem Weg zum Ausgang musste er das große Büro durchqueren – an Sarahs Schreibtisch vorbei.

Ihr Herz krampfte sich zusammen und schien zu dröhnen, als er näher kam. Sie versuchte, gelassen auszusehen und gleichzeitig ihren ganzen Mut zusammenzuraffen. Du lieber Himmel, was war schon dabei, ihn einfach anzusprechen und zu einem Drink einzuladen? Unendlich viele private Beziehungen entwickelten sich bekanntlich am Arbeitsplatz, und es war absolut nichts Peinliches dabei, einen Kollegen, den man seit Jahren kannte …

»Bye bye, Sarah«, sagte Karl höflich.

»Bye bye, Karl«, erwiderte sie.

Und schon war er draußen. Sarah saß wie erstarrt da. Diesmal hatte sie nicht damit gerechnet, dass sie schon wieder versagen würde. Es war ein Gefühl, als wäre ihr der Boden unter den Füßen weggezogen worden. Als ihr Handy klingelte, meldete sie sich mit geistesabwesend klingender Stimme.

»Ja, ich hab alle Zeit der Welt«, sagte sie dann. »Schieß los.«

Körperliche Betätigung

Es war spät geworden. In den meisten Häusern des Viertels brannte schon kein Licht mehr. Doch Daniel und Sams Problembewältigung duldete keinen Aufschub. Die beiden saßen sich im Wohnzimmer gegenüber, jeder auf einer Couch.

»Wir kriegen deine Schwierigkeiten auf jeden Fall in den Griff«, sagte Daniel energiegeladen. »Du musst bedenken, dass ich auch mal jung war. Komm schon – es ist jemand in der Schule, stimmt's?«

»Ja«, antwortete Sam widerstrebend.

»Und was empfindet sie oder er für dich?«

»Sie weiß nicht mal, wie ich heiße«, antwortete Sam. »Und selbst wenn sie es wüsste, würde sie nichts von mir wissen wollen. Sie ist zwei Jahre älter als ich, und jeder in der Schule betet sie an, weil – na ja, sie ist einfach himmlisch.«

»Gut«, sagte Daniel kämpferisch. »In Ordnung. Also – wir müssen erst mal davon ausgehen, dass du ziemlich in der Scheiße steckst. Richtig?«

Sam nickte.

Daniel schlug vor, eine kreative Denkpause einzulegen. Er stimmte Sams ergänzendem Vorschlag zu, die Pause mit einem Film auszufüllen. Sie entschieden sich für *Dirty Dancing*. Nach der Schlussszene mit Patrick Swayzes sehr athletisch wirkendem Tanz hatte Daniel eine Idee.

»Hör mal«, sagte er. »Es ist nur so ein Gedanke, aber vielleicht könntest du deine sportlichen Talente nutzen, um sie für dich zu gewinnen. Das wäre doch absolut groovy und sexy, oder?«

Sam stand auf und schlug einen perfekten Salto in Richtung Küche. Mit einer Cola kehrte er zurück.

»Nein«, sagte er. »Sie ist eine Künstlerin und verachtet alle Formen körperlicher Betätigung.«

»Mist«, knurrte Daniel. »Das wird eine verdammt harte Nuss.«

Die Frau klammerte sich an eine Marmorsäule, während der Mann sie von hinten nahm. Beide waren vollständig bekleidet, doch ihre Bewegungen und ihre Mimik waren die eines Paares mitten in einem leidenschaftlichen Geschlechtsakt.

Ihre Umgebung war ein hochmodern eingerichtetes Wohnzimmer – mit Scheinwerfern grell ausgeleuchtet. Das Wohnzimmer befand sich zwischen hohen Trennwänden in einem Filmstudio.

»Okay, danke!«, rief der leitende Kameramann. »An der Stelle könnt ihr erst mal aufhören.«

Das Filmteam um ihn herum setzte sofort zu aufgeregten Diskussionen an. Der Mann und die Frau waren Doubles. Sie lösten sich voneinander und begannen sich zu unterhalten, ohne die Umgebung weiter zu beachten.

»Ich kann dir sagen«, erklärte er, »heute hab ich gedacht, ich würde nie hier ankommen. Das war vielleicht ein Verkehr.«

»Ja, einfach unglaublich.« Sie nickte.

»Ach, übrigens, er hat mich als John vorgestellt, aber jeder nennt mich Jack.«

»Fein. Freut mich, dich kennen zu lernen, Jack. Bei mir hat er's richtig gemacht. Ich bin einfach nur Judy.«

»Großartig«, erwiderte John. »Einfach nur Judy.«

Der Regieassistent kam auf sie zu. Es war Tony Frazer, der Freund von Colin Frissell, der überzeugt davon war, sein Glück in der Frauenwelt von Wisconsin, USA, zu finden. Tony wirkte in diesem Augenblick eher unglücklich über seine beruflichen Aufgaben.

»Judy«, sagte er. »Äh ... könnten Sie diesmal das Top ablegen? Licht und Kamera müssen erkennen können, wann genau wir die Brustwarzen zu sehen bekommen und wann nicht. Sie wissen schon, wegen der Schattenbildung und so.«

»O ja, natürlich, in Ordnung«, antwortete Judy rasch. Sie lachte unsicher. An ihren Partner gewandt, fügte sie hinzu: »Wenigstens ist es hier drin schön warm.«

»Genau«, sagte John. »In diesem Job musst du mit allem rechnen, stimmt's? Ich hab mal Brad Pitt gedoubelt und ...«

Tony unterbrach ihn: »Tut mir Leid, aber unglücklicherweise müssen wir uns beeilen. Wir müssen die Schauspieler noch vor dem Lunch im Kasten haben.«

»In Ordnung«, erklärte Judy geschäftsmäßig.

»Ich verspreche dir, ich werde nicht gucken«, beteuerte John.

Sie lachte erneut, dann zog sie ihren Pullover über den Kopf und legte den BH ab. Sie sah John dabei an, und ihr Blick sagte: ›Was soll man machen?‹ Auf das Signal »Action!« nahmen sie erneut die vorherige Position ein und imitierten den Liebesakt für die Hauptdarsteller des Films. Der Kamera-Assistent trat auf die beiden Doubles zu und hielt den Belichtungsmesser vor Judys Busen.

»Noch was, John!«, rief Tony. »Würden Sie bitte Ihre Hände auf Judys Brüste legen?«

John befolgte die Anweisung.

»Und massieren Sie sie bitte!«, ergänzte Tony.

John tat auch das. »Also, diese Verkehrsstaus werden immer

schlimmer«, sagte er zu seiner Partnerin. »Vor allem morgens. Ich weiß gar nicht, wie das noch mal enden soll.«

Nur ein einziges Auto war auf der Straße unterwegs. In dem Wagen herrschte Grabesstille, seit der Abfahrt schon. Es hatte den Anschein, als würde sich die Ruhe des weiten, von imposanten Bergen eingerahmten Tals auf die beiden Menschen in dem Auto übertragen.

Allein Jamie wusste, dass es sich anders verhielt. Seit der Abfahrt suchte er krampfhaft nach einem Gesprächsthema, nach ein paar locker hingeworfenen Sätzen oder auch nur Worten. Doch ihm fiel einfach nichts ein, worüber er sich mit Aurelia unterhalten könnte. Seine Kehle war wie zugeschnürt, und aus seinem Gehirn kam nichts, was die Stimmbänder dazu veranlasst hätte, ihren Job zu tun.

Seiner bezaubernden Mitfahrerin ging es offenbar ähnlich. Nur gab es da einen kleinen Unterschied – nach Jamies Überzeugung jedenfalls. Und es tröstete ihn nicht, dass es eine altmodische Überzeugung war, die ihn als Gentleman verpflichtete, für die Unterhaltung der ihm anvertrauten Lady zu sorgen.

Und wenn es nur Smalltalk war – Hauptsache, er leistete irgendeinen wenn auch kleinen Beitrag zur Kurzweil. Nun gut, da war das Sprachproblem. Zu seiner Entschuldigung musste er es geltend machen, wenigstens vor sich selbst. Aber eine richtige, fundierte Entschuldigung war es nicht, denn er hatte Hände und Füße, um damit zu reden. Überall auf der Welt verständigten sich die Leute so, wenn es nicht anders ging. Also warum zum Teufel fuchtelte er nicht herum und grunzte und quiekte dazu wie ein Schimpanse? Es würde Aurelia bestimmt erheitern. Andererseits würde sie vielleicht kein Verständnis dafür haben, wenn er ihr gegenüber – noch dazu als ihr Arbeitgeber – den Affen machte.

Der Ausblick auf die herrliche Landschaft brachte ihn endlich auf die rettende Gesprächsidee.

»Bello!«, sagte er, lächelte und deutete auf die grünen Hänge und Höhen. »Bella!«

Aurelia musterte ihn mit einem fragenden Blick.

»Schön – Montagno«, erklärte er und zeigte auf die Berge. »Agua!« Er küsste seine Fingerspitzen, um zu demonstrieren, wie sehr ihn die Landschaft begeisterte.

Aurelia runzelte die Stirn. In das Rätseln ihrer dunklen Augen mischte sich ein Anflug von Besorgnis, als sie Jamie ansah.

»Nein, schon in Ordnung«, sagte er rasch. Er lachte gekünstelt. »Schweigen ist Gold, wie schon die Tremeloes sagten. Schlaue Burschen. Obwohl ich glaube, die Originalversion war von Frankie Valli und den Four Seasons. G- g- großartige Band. Ach ...« Er schüttelte den Kopf über sich selbst. »Halt doch einfach die Klappe.«

Er starrte nach vorn, auf die einsame Straße, und tat, als erforderte das Autofahren allerhöchste Konzentration.

Im Filmstudio hatte die Crew das Setting gewechselt. John und Judy waren auf ein breites Bett in der gleichen ultramodernen Wohnung übergewechselt. Wieder simulierten sie Sex; diesmal lag John auf dem Rücken, und Judy keuchte über ihm. Ihr Oberkörper war nach wie vor entblößt.

Tony trat auf das Bett zu; seine Verlegenheit hatte noch zugenommen. »Sorry, Leute«, sagte er. »Das ist jetzt mein Fehler. Es hat mit den Lichteffekten auf der Haut zu tun ... Also, Jerry – das ist der Regisseur – möchte, dass ihr absolut alles ablegt.«

»Gilt das auch für mich?«, fragte John.

»Ja.«

John blickte lächelnd zu Judy auf und flüsterte: »Tja, was tut man nicht alles für eine Hand voll Kohle!«

»Okay!«, rief der Kameramann, nachdem sich das Double-Paar ausgezogen hatte. »Jetzt wollen wir das noch mal sehen!«

Splitternackt, wie sie nun waren, mimten Judy und John den Geschlechtsakt in der gleichen Stellung wie zuvor. Sie unterhielten sich dabei.

»Was hältst du denn von unserem neuen Premierminister?«, fragte John.

»Oh, den finde ich gut«, erwiderte Judy. »Ich verstehe bloß nicht, warum er noch nicht verheiratet ist.«

»Ach, diese Typen kennt man doch. Die sind mit ihrem Job verheiratet. Entweder das – oder er ist schwul.«

»Noch was, Judy!«, rief Tony aus dem Halbkreis des Aufnahmeteams. »Könnten Sie die Brustwarzen ein bisschen nach links bewegen – und dann noch etwas nach unten?«

»Ich muss sagen, Judy«, plauderte John weiter, »mit dir kann man sich wirklich gut unterhalten. Es ist richtig schön, dich kennen gelernt zu haben.«

»Danke«, erwiderte sie. »Dito.« Dann, als sie sich etwas zu weit nach unten beugte und ihre Brustwarze sich auf seine Stirn senkte, wisperte sie erschrocken: »Oh, tut mir Leid!«

»In Ordnung, alles klar!«, rief Tony im selben Moment. »Damit hätten wir die Doubles im Kasten. Die Schauspieler sind schon auf dem Weg ins Studio.«

Alle Minister der neuen Regierung waren im Kabinettsraum von Downing Street Number Ten versammelt.

»Also – bevor wir anfangen«, eröffnete der Premierminister die Besprechung, »gibt es einen wichtigen Punkt von nationaler Bedeutung, über den wir Klarheit gewinnen müssen.« Er reichte der Familienministerin, die gleich rechts von ihm saß, einen Packen Stimmzettel zum Verteilen. Mit erhobener Stimme fuhr er fort: »Ich finde, es ist notwendig, dass wir als Kabinett zu den entscheidenden Fragen der Gegenwart eine einheitliche Position beziehen. Deshalb bitte ich jeden von Ihnen, nach gründlicher und reiflicher Überlegung, die Platte anzukreuzen, die Ihrer Meinung nach der Weihnachts-Hit Nummer eins werden wird.«

Alle brachen in Gelächter aus.

»Es ist nur noch ein Monat bis Weihnachten!«, rief David Farley. »Wer unterstützt meinen Favoriten – ›Christmas is All Around‹?«

Die Gesichter der gesamten Runde spiegelten reinsten Horror. Entsetzte Rufe wurden laut.

»Um Himmels willen!«

»Auf keinen Fall!«

»Nur über meine Leiche!«

»Westlife wird Nummer eins!«

David zog beeindruckt die Mundwinkel nach unten. »Was für unerwartet starke Gefühlsausbrüche!«

»Premierminister!«, rief Stephen Fry, der Verteidigungsminister. »Billy Mann hat weniger Chancen als ein Schneeball in der Hölle. Es würde der Regierung unkalkulierbaren Schaden zufügen, einen solchen Versager zu unterstützen.«

»Hört, hört!«, riefen Frys Kabinettskollegen.

»In Ordnung«, entgegnete David. »Dann kommen wir später darauf zurück. Allerdings muss ich schon sagen, dass ich von euch undankbaren Bastarden etwas mehr Fürsprache erwartet hätte.« Er lächelte wölfisch. »Was haben wir als Nächstes?«

»Den Besuch des amerikanischen Präsidenten«, antwortete Alex Carter.

»Ah, ja.« David nickte. »Sperrt eure Töchter ein.« Gelächter unterbrach ihn. Dann fuhr er fort: »Nein, ernsthaft. Ich fürchte, es wird eine richtig harte Nuss werden.«

Alex Carter, der Minister für Entwicklungshilfe, meldete sich zu Wort. »Es gibt die sehr starke Überzeugung in der Partei, und in der Tat auch im ganzen Land, dass wir es uns nicht mehr gefallen lassen sollten, herumgestoßen zu werden, wie es bei der letzten Regierung der Fall war.«

»Sehr richtig!«, pflichtete ihm Jeremy Bingham bei, der Wirtschaftsminister. »Es wird unsere erste wichtige Bewährungsprobe sein. Beziehen wir also Position.«

»Ja, ja ...« David nickte und machte eine dämpfende Handbewegung. »Ich verstehe das. Aber ich habe mich entschieden, nicht ...« Lautes Stöhnen und Seufzen unterbrach ihn. In mahnendem Ton sprach er weiter. »Natürlich werden wir versuchen, uns klug zu verhalten. Aber vergessen wir nicht, dass wir ein kleines Land sind – eines von vielen. Und Amerika ist das mächtigste Land der Welt. Wir können uns glücklich schätzen, Freunde Amerikas zu sein, und wir werden uns entsprechend benehmen. Ich werde mich in diesem Fall also nicht wie ein ungezogenes Kind aufführen.« Widerwilliges, jedoch zustimmendes Gemurmel setzte ein. David lächelte. »Also gut. Ich frage mich, wie lange wir hier noch herumhängen müssen, um eine Tasse Tee und einen Schokoladenkeks zu kriegen.«

Im selben Augenblick schwang die Tür auf, und Natalie balancierte ein großes Tablett mit dampfenden Tassen und keksbeladenen Tellern herein.

»Na prima«, murmelte David verlegen, denn er war nicht sicher, ob Natalie seine Bemerkung mitbekommen hatte.

Drei Tage später, schon Stunden vor dem großen Ereignis, versammelte sich eine riesige Menschenmenge in der Downing Street. London empfing den Gast aus Gottes eigenem Land mit wolkenlosem Himmel und strahlendem Sonnenschein.

Ein Raunen ging durch die Menge, und gleich darauf erschollen Rufe der Begeisterung, als eine große schwarze Limousine auf den Amtssitz des Premierministers zuglitt. Der schwere Wagen stoppte vor den uniformierten Wachen, und die beiden Türen auf der rechten Seite wurden aufgestoßen. Die Zuschauer verstummten, hielten den Atem an.

Zwei hartgesichtige Leibwächter stiegen aus, begrüßten die Uniformierten mit einem Nicken und sahen sich um. Dann gaben sie das Okay für ihren Schutzbefohlenen. Tosender Beifall brandete auf, als der Präsident der USA ausstieg. Er war ein großer, gut aussehender Mann mit der Ausstrahlung eines Hollywood-Stars. Er hob die Hand, strahlte übers ganze Gesicht und winkte seinen britischen Fans zu. Jubelschreie ertönten, und dem Präsidenten entgingen nicht die schmachtenden Blicke vieler Ladys in den vorderen Reihen. Er widmete ihnen ein kollektives Zwinkern und wandte sich dann dem Eingang von Number Ten zu.

Der Premierminister erwartete seinen mächtigen Gast draußen vor der Tür. Hinter ihm drängten sich Politiker, Journalisten und Personal. Präsident und Premierminister begrüßten sich mit einem minutenlangen Händeschütteln für die Medien. Gemeinsam lächelten sie in das Blitzlichtgewitter der Fotografen und in die Scheinwerfer der Fernsehkameras. Sie waren Profis auf ihrem Gebiet, wenn auch mit deutlichen äußerlichen Unterschieden. Der amerikanische Präsident war die überlegene Selbstsicherheit in Person, während der Premierminister zwar nicht minder selbstsicher wirkte, dies jedoch auf eine eher zurückhaltende, moderate Weise ausdrückte.

»Schade, dass Ihre Frau nicht mitkommen konnte«, sagte er, während sie hineingingen.

»Sie bedauert es auch«, erwiderte der Präsident mit breitem Grinsen. »Obwohl sie wahrscheinlich doch ein bisschen einsam gewesen wäre.«

»Ja, das ist tragisch, nicht wahr.« David lächelte in gespieltem Mitgefühl. »Sie haben es nie fertig gebracht, ein Mädchen von der Bettkante zu stoßen, stimmt's? Ich weiß nur nicht, ob Frauengeschichten mit der Politik so richtig zusammenpassen.«

»Wirklich?« Der Präsident maß ihn mit einem amüsierten Blick. »Ich habe damit keine Probleme.«

David lachte. »Na ja, der Unterschied ist doch klar. Sie sehen unerträglich gut aus. Ich dagegen sehe immer mehr aus wie meine Tante Mildred. Deshalb ...«

Er unterbrach sich, denn Natalie kam ihnen im Korridor entgegen.

Der Präsident drehte sich nach ihr um. »Na, das nenne ich mal eine gut aussehende Frau!«

»Ja«, bestätigte David. »Sie ist ... in der Tat eine ... liebenswerte Person.«

•

Der Himmel hatte sich verdüstert. Blitze zuckten aus grauschwarzen Wolken, und Donner rollte über die Stadt, als würden Salutschüsse abgefeuert.

Billy Mann und Joe Alstyne verbrachten die letzte Minute vor Billys Fernsehinterview im Flur des Studios.

»Und denk dran«, schärfte Joe dem Alt-Star ein. »Es ist Samstagvormittag, und es ist eine Kindersendung. Also rede so, dass die lieben Kleinen es verstehen – schön süßlich und schön harmlos. Stell dir kleine Sechsjährige mit leuchtenden Morgengesichtern vor.«

Billy nickte. »Kannst dich auf mich verlassen.«

Einen Augenblick später wurde er ins Sendestudio gerufen. Ant und Dec, die beliebten Moderatoren, saßen an ihrem knallbunten Pult. Vor ihnen stapelten sich CDs, die als Preise ausgesetzt waren. Eine Lautsprecherstimme teilte mit, dass sie auf Sendung waren.

»Also, Billy ...«, sagte Dec. »Noch drei Wochen bis Weihnachten, und es sieht so aus, dass Westlife ein wirklich ernst zu nehmendes Problem sein wird.«

»Ja«, antwortete Billy. »Ich habe sie in der Sendung letzte Woche gesehen. Was sie über meine Platte gesagt haben, war nicht nett.«

»Nein«, erwiderte Ant. »Dumm gelaufen.«

»Yeah ...«, sagte Billy. »Aber es sind sehr, sehr talentierte Musiker.«

Joe, der das Interview durch zwei Studiofenster verfolgte, lächelte, erfreut über die diplomatische Antwort. Billy hielt sich also an seine Anweisung.

»Und Sie haben ein Geschenk mitgebracht«, vergewisserte sich Dec. »Als Preis für unseren Wettbewerb.«

»Ja, hab ich«, bestätigte Billy. »Es ist ein persönlicher Filzstift.«

»Oh, großartig!«, freute sich Ant.

»Das Ding ist total cool«, bestätigte Billy. »Es schreibt sogar auf Glas. Wenn ihr also ein gerahmtes Bild habt, wie zum Beispiel das da – von Westlife ...«, er nahm das Bild von dem Stapel der Wettbewerbs-Preise, »dann könnt ihr was draufschreiben. Hier, ich mach's mal vor.« Und breit grinsend malte er in großen schwarzen Buchstaben einen einzigen Satz quer über das Farbfoto der Konkurrenzband:

WIR HABEN KLEINE SCHWÄNZE

Dec beugte sich vor, erschrak und sagte halblaut und tadelnd: »Eine Menge Kinder sehen zu, Billy. Und dies ist eine Livesendung.«

»Ach ja, richtig!« Billy lachte und winkte in die Kamera. »Hi, Kids! Eine wichtige Durchsage von eurem Onkel Bill! Kauft keine Drogen. Werdet Pop-Stars, dann kriegt ihr sie geschenkt.«

»Und ich glaube, bei uns ist eine Werbepause fällig!«, rief Ant rasch. »Gott sei Dank.«

Nebenan vergrub Joe Alstyne das Gesicht in den Händen, und draußen schwoll der Donner zu einem erdbebenhaften Grollen an.

Im Konferenzraum waren die acht wichtigsten Politiker des Gipfeltreffens versammelt – fünf Briten und drei Amerikaner, unter ihnen der Präsident und der Premierminister. Die Fachleute hielten ihre Vorträge. David hörte konzentriert zu. Die Stimmung war angespannt.

»Nein, auf keinen Fall«, sagte einer der amerikanischen Experten gerade. »Niemals. Wir können und werden Sie in dieser Angelegenheit nicht konsultieren. Es ist einzig und allein unsere Sache.«

»Also, das kommt jetzt unerwartet«, entgegnete Alex Carter konsterniert.

»Das sollte es nicht sein«, ergriff der Präsident das Wort. »Die letzte Regierung hat es bereits sehr deutlich gemacht, und wir setzen ihre Politik lediglich konsequent fort. Deshalb brauchen wir Sie wegen dieser Angelegenheit nicht zu konsultieren.«

»Aber, mit allem Respekt«, widersprach Carter. »Das war ganz einfach eine schlechte Politik. Wir hatten gehofft, dass wir uns heute treffen, um es besser zu machen.«

Der Premierminister war eindeutig auf Carters Seite, doch er nahm seine angekündigte moderate Haltung ein.

»Schon gut, danke, Alex«, sagte er daher. »Machen wir jetzt weiter, okay?«

Später, nach der Konferenz mit den Amerikanern, gingen David Farley und Alex Carter einen der Korridore im Gebäude an der Downing Street entlang.

»Beruhige dich, Alex«, beschwor David den Minister. »Beruhige dich. Vertrau mir. Noch ist der Zeitpunkt nicht gekommen, einen Streit vom Zaun zu brechen.«

Der Tag endete mit einem Treffen unter vier Augen. Im Büro des Premierministers ließ sich der Präsident der USA in einen Sessel sinken.

»Also …«, sagte er, froh, sich nach einem anstrengenden Tag entspannen zu können. »Wen muss man hier ficken, um einen Drink zu kriegen?«

Der Premierminister lächelte säuerlich. »Ich besorge Ihnen einen Drink, und ficken müssen Sie deswegen niemanden.« Er drückte den Knopf der Sprechanlage und sagte: »Zwei Whiskys bitte.«

»On the rocks«, ergänzte der Präsident.

David sprach noch einmal in die Anlage. »Mit Eis.« Er lehnte sich zurück. »Ja, nun, das war ein interessanter Tag.«

Der Präsident nickte. »Tut mir Leid, wenn wir heute fest auf unserer Linie beharrt haben. Aber es macht doch einfach keinen Sinn, heute herumzueiern und Sie dann in den kommenden vier Jahren zu enttäuschen. Ich habe Pläne, und ich habe vor, diese Pläne durchzuziehen.«

»Ja«, erwiderte David. »Das war schon eine unerwartet unnachgiebige Haltung.« Er stand auf. »Da wäre noch eine letzte Sache, die ich gern erörtern möchte – etwas, das mir sehr am Herzen liegt. Wenn Sie mir eine Sekunde geben …«

»Ich gebe Ihnen alles, worum Sie mich bitten«, erklärte der Präsident mit Gönnermiene, »solange Sie mich nicht um etwas bitten, das ich nicht geben möchte.«

David gab seinem Gast ein lockeres Handzeichen, das sagen sollte: Bin gleich wieder da. Er ging hinaus. Auf dem Korridor begegnete er Natalie, die die beiden Whiskys brachte. Er lächelte ihr auf jene verlegene und unsichere Weise zu, wie es nur ein hoffnungslos verliebter Mann zustande brachte.

»Erbärmlich«, kritisierte er sich murmelnd selbst. Sein Verhalten hatte dem eines hilflosen kleinen Jungen entsprochen. Warum in aller Welt hatte er keine flotte Bemerkung auf Lager gehabt? Etwas Nettes und zugleich Geistreiches, das man im Vorbeigehen hinstreute und für das man einen bewundernden Blick und einen bleibenden Eindruck erntete. Aber nein, er gab sich wie ein dümmlich grinsender Dorftrottel.

Er schüttelte die Gedanken ab, betrat ein Nebenbüro und nahm einen Ordner aus dem Regal. Er klemmte sich die Akte unter den Arm und ging zurück. Als er sein Büro betrat, traf es ihn wie ein Hammerschlag.

Natalie und der Präsident standen unzulässig nahe beieinander. Damit nicht genug, seine Hand lag auch noch auf ihrer Hüfte. Sie errötete, als sie den Premierminister bemerkte. Rasch wich sie einen Schritt von dem Mann zurück, der wie ein Hollywood-Star aussah.

Den Präsidenten berührte es nicht. Mit unerschütterlicher Gelassenheit rückte er seine Krawatte gerade und griff nach dem Whisky. David kam sich vor, als würde ihm der Teppich unter den Füßen weggezogen.

»Hervorragender Scotch«, lobte der Präsident den Whisky, nachdem er das Glas abgesetzt hatte.

Natalie fuhr sich mit einer unsicheren Handbewegung über das Haar. »Ich gehe dann mal«, sagte sie. Mit gesenktem Kopf huschte sie an David vorbei.

Der Präsident rief ihr nach: »Es war mir ein Vergnügen, Natalie! Ich hoffe, man sieht sich – zumal unsere beiden Länder ja gemeinsam an einer besseren Zukunft arbeiten werden.«

»Danke, Sir«, erwiderte Natalie im Hinausgehen.

»Na, womit haben wir es denn hier zu tun?«, bemerkte der Präsident aufgeräumt und an den Premierminister gewandt. »Eine Angelegenheit, die einem ans Herz geht, nicht wahr?«

»Ja«, murmelte David. »Stimmt, ja, in der Tat.« Er vermochte seine Gedanken nicht zu ordnen. Sonst war es für ihn eine Kleinigkeit, einen klaren Kopf zu bekommen. Selbst in den hitzigsten Debatten schaffte er das. Doch jetzt war er zum ersten Mal völlig verwirrt. Was er gesehen hatte, brachte ihn fast um den Verstand.

Ein Donnerschlag rollte über die Dächer von London. Es hörte sich an, als hätte ein amerikanischer Bomber seine Last abgeworfen und lasergesteuert in der Downing Street hochgehen lassen.

Tony lebte in einem kleinen Apartment, dessen Zustand, was Einrichtung und Ordnung betraf, dem Klischee von der chaotischen Behausung eines unverheirateten Mannes entsprach.

Als es klopfte und er die Tür öffnete, stand Colin vor ihm – völlig durchnässt, mit einem großen Koffer in der Hand.

»Hi«, sagte Colin.

Tony sah ihn verblüfft an. »Was machst du denn hier?«

»Ich musste meine Wohnung vermieten, damit ich das Flugticket bezahlen kann.«

»Du machst wirklich Ernst mit diesem total bescheuerten Plan?«

»Aber hundertprozentig mache ich das«, erwiderte Colin. »Denkst du, ich hab Klamotten in diesem Koffer? Da liegst du aber voll daneben. Der ist randvoll mit Kondomen.«

»Aber ich habe nur ein Bett«, sagte Tony irritiert.

»Weiß ich«, entgegnete Colin. »Aber es ist ein Doppelbett. Und du bist ein trauriger Typ, der in diesem Jahrzehnt noch keine Freundin gehabt hat. Also gibt's genug Platz für mich.«

Ohne ein weiteres Wort stieg er die Treppe hinauf. Im Wohnzimmer lief der Fernseher. Der amerikanische Präsident war zu sehen. Sein Staatsbesuch in Großbritannien ging zu Ende. Tonys noch nicht angebrochene Pizza stand auf dem Tisch. Colin setzte sich und bediente sich, als Tony ebenfalls hereinkam.

»Hervorragende Pizza«, sagte Colin kauend. »Sieh mal, der geile amerikanische Präsident ist in der Stadt. Was meinst du, wie viele Weiber der schon flachgelegt hat! Das sind genau die guten Taten, die ich auch tun will. O Mann!«

Besondere Beziehungen

In Number Ten, Downing Street fand die abschließende Pressekonferenz aus Anlass des britisch-amerikanischen Gipfeltreffens statt.

Die große Schar der Medienvertreter – Kamerateams, Fotografen und schreibende Journalisten – beanspruchten drei Viertel des Konferenzraums. Der Präsident und der Premierminister saßen in Ledersesseln, zwei Meter auseinander. Beide waren den Pressevertretern zugewandt. Der Premierminister wirkte außergewöhnlich ernst.

»Herr Präsident!«, rief einer der Journalisten. »War es ein guter Besuch?«

»Das war es«, antwortete der Präsident. »Sehr zufrieden stellend. Wir haben bekommen, weshalb wir hergekommen sind. Die Beziehungen unserer beiden Länder sind immer noch sehr besondere Beziehungen.«

»Herr Premierminister?«, rief derselbe Journalist.

David Farley antwortete nicht sofort. Eine Pause entstand, die zu lang war. Die Blicke, die sich ohnehin auf ihn gerichtet hatten, wirkten entgeistert und zugleich besorgt.

»Ich liebe dieses Wort«, sagte David unvermittelt. »Beziehungen. Ein Wort, das alle Arten von Sünden überdeckt, ist es nicht so? Ich habe den Präsidenten hier bei uns willkommen geheißen und wusste, dass es für uns und Amerika nicht gerade das gibt, was man Ebenbürtigkeit nennt. Aber ich war nicht darauf vorbereitet, dass wir es mit einem völligen Fehlen des Prinzips von Geben und Nehmen zu tun bekommen würden. Ich fürchte, die Beziehungen unserer beider Länder sind schlechte Beziehungen geworden. Es ist ein Verhältnis geworden, das darauf basiert, dass der amerikanische Präsident genau das durchsetzt, was er will, und geflissentlich all jene Dinge ignoriert, die wirklich bedeutend sind für – Großbritannien. Wir mögen ein kleines Land sein, aber wir sind auch ein großartiges Land. Und ein Freund, der uns herumkommandiert, ist nicht länger ein Freund. Und weil Leute, die einen herumkommandieren, nur auf Härte reagieren, habe ich mich darauf eingestellt, von jetzt an unfreundlicher zu sein. Und darauf sollte sich auch der Präsident einstellen.«

Sekundenlang herrschte eine Stille, in der eine zu Boden fallende Stecknadel wie ein Poltern geklungen hätte. Im nächsten Moment brach die Hölle los. Blitzlichter zuckten wie ein Gewitter von Laser-Zieleinrichtungen, Scheinwerfer gleißten, Kameras surrten, Reporter überschrien sich gegenseitig, um die Aufmerksamkeit des amerikanischen Präsidenten auf sich zu lenken. Hinter den beiden Staatsoberhäuptern waren es die britischen Kabinettsmitglieder – und unter ihnen insbesondere Alex Carter –, die vor Freude strahlten. Die amerikanischen Delegierten dagegen zogen lange Gesichter.

»Herr Präsident! Herr Präsident!«, schrien die Journalisten, und der mit der lautesten Stimme drang schließlich durch: »Wie bewerten Sie das?«

Ruhe kehrte ein, als der Präsident den Mund öffnete, um zu antworten. Seine Miene war wie eingefroren.

»Nun …«, antwortete er. »Das ist zweifellos eine Kampfansage. Ja, zweifellos – unerwartet unnachgiebig.«

Der Premierminister warf ihm einen Blick zu. In dem Blick,

mit dem der Präsident reagierte, lag eine Mischung von Ärger und neu erworbenem Respekt. Auf einmal spürte David einen anderen Blick, einen besonderen Blick aus all den Gesichtern. Er schaute hin und sah Natalie. Nur noch sie nahm er wahr. Doch sie senkte den Kopf.

Gleich darauf, nach dem Ende der Pressekonferenz, drängten sich in Davids Büro freudestrahlende Menschen, die ihn beglückwünschten. Immer wieder sagten sie ihm, wie stolz sie wären.

Davids Sekretärin bahnte sich einen Weg durch das Gedränge. »Ihre Schwester ist am Telefon«, sagte sie, als sie es endlich geschafft hatte, in seine Nähe zu gelangen.

David nahm den Hörer ab. »Hi, Schwesterherz.«

»Bist du verrückt geworden?«, rief Karen aufgebracht. Sie stand vor der Schrankwand im Wohnzimmer.

»Man kann nicht immer vernünftig sein«, antwortete David.

»Doch, man kann, wenn man Premierminister ist.«

»Oh, tut mir Leid, ich kriege gerade den Schatzkanzler auf der anderen Leitung. Ich rufe zurück.«

»Tust du nicht.« Karen legte auf und atmete tief durch, um sich zu sammeln. Harry saß an seinem gewohnten Platz, da, wo er kaum wegzudenken war. Eine sich einschleichende Vermutung stellte die Frage: Würde es einen Unterschied machen, wenn er nicht da säße? Karen verscheuchte die Frage aus ihren Gedanken und ließ auch keine Antwort zu. Sie schaltete den CD-Player ein, und ein netter, leicht jazziger Titel ertönte, als sie zu dem Tisch hinüberging, auf dem Weihnachtsgeschenke lagen, die noch eingepackt werden mussten.

»Wenn man die Schwester des Premierministers ist«, sagte sie, »dann hat man das Problem, in einer ziemlich krassen Perspektive zu stecken. Was hat mein Bruder heute getan? Er hat dem amerikanischen Präsidenten die Stirn geboten. Und was habe ich heute getan? Ich habe einen Hummerkopf aus Pappmaschee gebastelt.«

»Was hören wir da gerade?«, fragte Harry.

»Joni Mitchell.«

Er schüttelte missbilligend den Kopf. »Ich kann es nicht glauben. Dass du immer noch Joni Mitchell hörst!«

»Wovon redest du?« Ein Hauch von Empörung schwang in Karens Stimme mit. »Ich liebe sie, und wahre Liebe hält ein ganzes Leben. Joni Mitchell ist die Frau, die deiner kalten englischen Ehefrau beigebracht hat, wie man Gefühle empfindet. Was meinst du, welche Puppe sollen wir Daisy schenken – die, die aussieht wie ein Transvestit? Oder die, die aussieht wie eine Prostituierte?«

Harry lächelte, als sie ihm die beiden Puppen zeigte. Im selben Augenblick stürmte Daisy schreiend herein.

»Mami! Bernie hat mich geschlagen!«

»O Gott!«, stöhnte Karen und sah Harry an. »Du kannst dich jetzt mal um Bernie kümmern. Ich gebe es auf. Heute Abend habe ich das Gefühl, dass mein Bruder doch die richtigen Entscheidungen getroffen hat.«

David fühlte sich beschwingt, als er sich ins Schlafzimmer zurückzog. Obwohl er einen anstrengenden Tag hinter sich hatte und hundemüde war, hätte er freudig zugestimmt, wenn jetzt ein guter Kumpel vorbeigekommen wäre und gefragt hätte: Hey, Alter, wie sieht's aus? Sollen wir um die Häuser ziehen?

Doch dafür hätte er wahrscheinlich eine Gesichtsmaske gebraucht. Eines von diesen lebensechten Latexdingern. Aber andererseits gab es die auch nur mit den Antlitzen von Prominenten. Welche Maske hätte er schon nehmen können? Die vom amerikanischen Präsidenten. David kicherte übermütig, während er sich auszog. Nein, dann schon eher Frankenstein. Oder George Clooney? Hm.

Blödsinn!, belehrte ihn seine innere Stimme. Premierminister haben keine Kneipenkumpel. – Oder glaubst du ernsthaft, der Schatzkanzler geht mit dir in eine Disco? – Nein, keine Frage, der Typ würde die Oper vorziehen.

David schlüpfte in seinen Schlafanzug und schaltete den CD-Player an. Er suchte einen schnelles Stück aus den achtziger Jahren aus und tanzte auf dem Bettvorleger. Er war ausgesprochen funky und höchst groovy, wie er da herumtobte, und schätzungsweise fünfundsechzig Prozent seines Personals hätten bei seinem Anblick missbilligend die Stirn gerunzelt. Die restlichen fünfunddreißig Prozent hätten vielleicht erkannt, dass die rasante rhythmische Gymnastik ihres Premierministers vor allem ein Ausdruck seines Triumphs war.

Ermattet sank er schließlich ins Bett.

Ja, es war ein anstrengender Tag gewesen.

Aber ein verdammt guter Tag.

Jamie frühstückte in der behaglichen Küche seines französischen Bauernhauses. In der Luft schwebte die unvergleichlich anregende Duftmischung von frisch aufgebrühtem Kaffee und knusprigem Gebäck. Jamie trug einen Morgenmantel, der aussah wie ein altmodischer schwarzer Talar.

Als Aurelia eintrat, erhellte sich seine Miene. Er hob den Korb mit den Croissants, um ihr eines von den goldbraunen Hörnchen anzubieten.

»O nein, vielen Dank«, antwortete sie auf Portugiesisch. *»Wenn Sie meine Schwester sehen würden, wüssten Sie, warum.«* Sie hatte sich angewöhnt, in ihrer Muttersprache mit ihm zu reden, seit sie gemerkt hatte, dass es zumindest den Anschein hatte, als würde er einen Teil davon verstehen.

»Nein?« Er sah sie fragend an.

Aurelia nickte. Sie nahm die Kaffeetasse von dem Papierstapel auf dem Küchentisch und stellte sie auf die Spüle, um sie abzuwaschen.

»Doch?«, fragte er verwundert. »Ja?«

Sie schüttelte den Kopf.

Er zuckte mit den Schultern. »Okay – ja, nein, ja. Schon in Ordnung. Ich nehme jedenfalls noch eins.«

»Sie sollten auch nicht noch mehr essen«, sagte Aurelia, wieder auf Portugiesisch. *»Sie werden von Tag zu Tag rundlicher.«*

»Ich bin in der glücklichen Lage«, erklärte er, »diese körperliche Konstitution zu haben, mit der man einfach nicht zunimmt.«

Sie sah ihn an und schmunzelte. In dem Blick, den sie wechselten, lag das Bewusstsein, dass sich eine echte Freundschaft zwischen ihnen entwickelte.

Das Telefon klingelte – irgendwo im Haus. Es war Jamies Handy. Er klopfte seinen Morgenmantel ab, aber da war es nicht. Er sprang auf, suchte auf dem Küchentisch, aber auch da war es nicht zu finden. Aurelia lachte, er stimmte in ihr Lachen ein, und gemeinsam machten sie sich auf die Suche. Erst im Wohnzimmer fanden sie es, in einer Polsterfalte der Couch.

»Hallo«, meldete sich Jamie, leicht außer Atem.

»Hallo, Jamie«, sagte Mel.

»Oh, hi«, entgegnete er, wenig erfreut. »Wie geht's?«

»Gut. Ich dachte, ich rufe einfach mal an – um zu hören, wie es dir geht und wie das Schreiben läuft.«

»Gut, ausgezeichnet, danke. Und wie läuft das Schlafen mit meinem Bruder?« Er wartete vergeblich auf eine Antwort. »Na gut«, brummte er schließlich. »Also wie erwartet.«

»Ich dachte nur«, fuhr Mel fort, »da Weihnachten nun vor

der Tür steht, könnten wir uns mal auf einen Drink oder so was treffen.«

»Oder auch nicht«, entgegnete er schroff.

»Wie du meinst«, sagte Mel. »Also eher nicht. Oh, tut mir Leid, ich muss Schluss machen.«

Es knackte im Hörer. Jamie fühlte sich elend, als er das Handy ausschaltete. Die Erinnerung an das Geschehene stürzte wie eine Tonnenlast auf ihn ein. Nach einem Moment bemerkte er, dass Aurelia ihn ansah. Sie lächelte so sanft und verständnisvoll, dass sich ein Gefühl von Wärme und Geborgenheit in ihm ausbreitete. Sie wandte sich ab und setzte ihre Arbeit fort. Er kehrte in die Küche zurück, aß sein Croissant und schenkte von dem starken, schwarzen Kaffee nach.

Im Fairtrade Office herrschte der gewohnte Betrieb. Telefone zwitscherten in der Melodien-Vielfalt von Pop, Jazz und Klassik, Computer-Tastaturen klapperten leise, Mels Radio spielte mit geringer Lautstärke, und alles wurde überlagert vom gewohnten Klangteppich des Stimmendurcheinanders. Von ihrem Arbeitsplatz aus beobachtete Mel ihren Chef, der zu Sarah gegangen war und nun neben ihrem Schreibtisch stand und das gerahmte Foto des jungen Mannes betrachtete.

»Na?«, fragte er. »Gibt es Fortschritte in unserem Verkuppelungs-Plan?«

»Nein«, antwortete Sarah. »Ich habe buchstäblich nichts getan, und ich werde es auch nie tun, weil er einfach zu gut für mich ist.«

»Kopf hoch«, tröstete Harry sie. »Wenigstens können wir uns den Luxus leisten, uns über die Liebe den Kopf zu zerbrechen – ganz im Gegensatz zu den Menschen in der Dritten Welt, für die wir arbeiten.«

Er zeigte auf das Poster hinter ihr an der Wand. Es zeigte einen Afrikaner auf seinem Feld. Alles, was er angepflanzt hatte, war zerstört. Sarah folgte Harrys Blick und verstand, was er meinte.

»Ja, natürlich«, sagte sie leise.

Im selben Moment klingelte ihr Handy.

»Natürlich.« Harry schüttelte den Kopf. »Wäre ja auch ein Wunder, wenn es mal nicht klingeln würde.« Er ließ sie allein und ging hinüber zu Mel. »Okay. Wie sieht es mit der Weihnachtsfeier aus?«

»Gut«, antwortete sie. »Ich glaube, ich habe das richtige Lokal gefunden. Ein Freund von mir arbeitet dort.«

»Und wie ist es da?«

»Hervorragend. Es gibt viele dunkle Ecken für dunkle Absichten.« Sie widmete ihm einen tiefen Blick.

»Na fein«, erwiderte er. »Das möchte ich mir ansehen.«

David hatte seine persönliche Beraterin angerufen und sie gebeten, in sein Büro zu kommen. Schon zwei Minuten später klopfte es, und Annie Talbot trat ein.

»Annie, mein Schatz!«, rief David erfreut. »Sie müssen mir unbedingt einen Gefallen tun.«

»Jeden«, antwortete sie, während sie auf seinen Schreibtisch zutrat. »Alles für den Helden des Tages.«

»Fragen Sie mich nicht, warum«, sagte er. »Und interpretieren Sie um Himmels willen nichts hinein. Es ist ein bisschen verrückt – eine Persönlichkeits-Sache. Sie kennen Natalie, die hier arbeitet.«

Annie nickte. »Das pummelige Mädchen.«

David hob erstaunt die Augenbrauen. »Würden Sie sie pummelig nennen?«

»Ich denke, ja, Sir. Wir haben es da mit einem ziemlich umfangreichen Arsch zu tun. Und mit gewaltigen Schenkeln.«

David wirkte nur einen Moment lang irritiert. »Na ja, was auch immer«, sagte er. »Ich bin sicher, sie ist ein nettes Mädchen. Aber ich frage mich, ob Sie sie irgendwie neu disponieren könnten.«

»Schon erledigt«, erwiderte Annie.

David lächelte verbindlich und entließ seine Beraterin mit einer dankbaren Handbewegung. In Gedanken versuchte er sich davon zu überzeugen, dass er das einzig Richtige getan hatte. Er war schwer enttäuscht von Natalie. Seit er sie mit dem amerikanischen Präsidenten gesehen hatte, war etwas in ihm zerbrochen. Er sah sie mit anderen, weniger romantischen Augen. Und sie allein hatte dafür gesorgt. Es durfte ihm nicht Leid tun, dass er sie aus seinem Gesichtskreis verbannte. Letztlich musste er sich auch auf sein Amt konzentrieren. Die Konfrontation mit dem Präsidenten hatte gezeigt, wie sehr er gefordert war.

Dass er dafür von seinen politischen Freunden als Held gefeiert wurde, bestätigte ihm, dass seine Reaktion absolut nichts mit persönlichen Empfindungen zu tun gehabt hatte. Vor allem nicht damit, dass er den Frauenheld von jenseits des Atlantiks mit Natalie ertappt hatte. Nein, damit hatte es nun wirklich nichts zu tun gehabt. Je mehr er sich das einredete, desto mehr glaubte er daran.

Während es draußen allmählich dunkel wurde, vertiefte sich David in seine Arbeit, nahm sich einen Aktenordner nach dem anderen vor. Irgendwann, als es plötzlich klopfte, zuckte er fast zusammen.

»Herein!«, rief er.

Die Tür schwang langsam auf. Ein Tablett mit Teetasse und Keksteller wurde als Erstes sichtbar. Dann eine junge Angestellte, die es hereintrug. Nicht Natalie. David sah die Frau an und ließ sie eintreten, indem er ihr zunickte. Innerlich fluchte er auf sich selbst, weil er enttäuscht war und sich das Gefühl einer verpassten Gelegenheit einstellte.

Rasch drückte er die Taste der Sprechanlage. »Mary, bitte schicken Sie Peter herein. Und bitten Sie den Schatzkanzler dazu. Er soll mir erklären, warum er so verdammt viel Geld ausgibt.«

Der Garten des französischen Bauernhauses war groß und ein wenig verwildert. Sogar einen See mit einem kleinen Wasserfall gab es. Der Wasserfall mündete in einen zweiten, etwas tiefer gelegenen See. Alles in allem wirkte das Grundstück wie ein Park, dem über die Jahre die pflegende und ordnende Hand des Gärtners gefehlt hatte.

Es war ein sonniger Tag, außergewöhnlich mild für die Jahreszeit. Deshalb hatte sich Jamie entschieden, seine Arbeit ins Freie zu verlagern. Das Klappern seiner Schreibmaschine durchdrang die Stille der Natur. Jamie trug einen dicken Pullover. Auf dem Tisch, den er mit nach draußen genommen hatte, stand die Maschine zwischen zwei Papierstapeln. Das unbeschriebene Manuskriptpapier, links, wurde von einem Teller gegen den Luftzug gesichert. Auf dem fertig beschriebenen, rechts, stand die mittlerweile leere Kaffeetasse.

Als Aurelia ins Freie trat, um zu sehen, ob sie sich nützlich machen konnte, wurde ihr Blick wie automatisch auf die Tasse gelenkt. Zweifellos war sie fällig, abgewaschen zu werden. Aurelia trat auf Jamies Tisch zu, ergriff die Tasse und wollte auch den Teller an sich nehmen.

»Danke«, sagte Jamie erfreut.

In diesem Augenblick wurden die Papierstapel auf dem Tisch von einem Windstoß erfasst. In hohem Bogen wirbelten die weißen Blätter davon. Wie große, rechteckige Schneeflocken schwebten sie durch die Luft – unaufhaltsam auf den See zu.

»O mein Gott!«, rief Aurelia. *»O mein Gott, es tut mir so Leid!«* Sie ließ die Tasse fallen und rannte los, hinter den Blättern her.

Jamie war aufgesprungen. »O nein!«, stöhnte er, als er das volle Ausmaß der Bescherung erkannte.

Aurelia war schnell und geschickt, und es gelang ihr, ein paar Seiten einzufangen. Doch der größte Teil landete im See, bedeckte die Oberfläche und sog sich mit Wasser voll.

Aurelia erreichte das Ufer. Einen Moment stand sie dort und zögerte. Dann aber zog sie sich kurz entschlossen das altmodische Kleid über den Kopf. Mehr als BH und Höschen trug sie nicht darunter. Jamie verharrte ungewollt. Fasziniert betrachtete er Aurelias unglaublich schönen Körper. Es musste an dem hässlichen alten Kleid gelegen haben, dass er ihre Schönheit nicht bemerkt hatte.

»Nein!«, rief er. »Tu – tu – tun Sie es nicht! Das Geschreibsel ist es nicht wert!«

»Ich will doch hoffen, dass es was wert ist«, entgegnete Aurelia in ihrer Muttersprache.

Jamie versuchte noch einmal, sie zu stoppen. »Es ist nichts als Unsinn! Bitte nicht …«

Doch Aurelia tauchte bereits mit einem beherzten Sprung ins Wasser.

Entsetzt schlug er sich die Hand vor den Mund. »O Gott! Sie tut es! Sie tut es!« Er rannte los.

Prustend tauchte Aurelia auf. *»Verdammt, ist das kalt!«*, keuchte sie. *»O verdammt!«*

Jamie erreichte das Ufer. »Meine Güte!«, ächzte er. »Wenn ich jetzt nicht auch reinspringe, wird sie denken, ich bin der totale Volltrottel!« Er zögerte nur noch eine Sekunde, dann zerrte er sich den Pullover über den Kopf, ließ die Hosen fallen und sprang in den See.

»Verdammt, ist das eisig!«, stieß er hervor, als er wieder an die Oberfläche kam. Dann folgte er Aurelias Beispiel, und gemeinsam schwammen sie hin und her, um die auf dem Wasser treibenden Manuskriptblätter einzufangen.

»Ich will doch stark hoffen, dass dieses Zeug gut ist!«, rief Aurelia wie gewohnt auf Portugiesisch. *»Ich will nicht an einer Lungenentzündung sterben, weil ich irgendeine Scheiße gerettet habe, die meine Großmutter geschrieben haben könnte.«*

»Jetzt mal ernsthaft!«, schnaufte Jamie unter heftigem Wassertreten. »Das hier ist die Sache nicht wert. Es ist, verdammt noch mal, nicht Shakespeare. Schluss jetzt. Schluss! Genug! O Gott – was zum Teufel ist das?« Er stieß einen Laut des Ekels aus, da er in Ufernähe geraten war und mit der freien Hand knapp unter der Oberfläche in grünlich-schwarzen Schlamm gegriffen hatte.

Aurelia ließ sich endlich überreden, die Manuskript-Bergung einzustellen. Er half ihr an Land. In aller Eile, mit dem nassen Papier beladen, suchten sie Zuflucht im Haus. Aurelia schlüpfte in den Talar-Morgenmantel, den Jamie ihr anbot. Er selbst begnügte sich mit einem Handtuch. In der Nähe des Küchenherd wärmten sie sich auf.

»Es tut mir ja so Leid«, sagte Jamie.

»Es tut mir so Leid!«, sagte Aurelia und blieb bei ihrer mittlerweile gewohnten Methode, immer nur Portugiesisch mit ihm zu sprechen.

»Danke«, entgegnete Jamie.

»Schon in Ordnung.« Aurelia lächelte. *»Vielleicht könnten Sie eine der Personen nach mir benennen.«*

»Ich werde eine der Personen nach Ihnen benennen«, erklärte Jamie zähneklappernd.

»Oder Sie geben mir fünfzig Prozent der Einnahmen«, schlug Aurelia vor.

»Oder«, sagte Jamie, »ich könnte Ihnen fünf Prozent der Einnahmen geben.«

»Was für eine Art von Buch ist es? Art ... Sorte?« Sie zeigte auf die nassen Seiten, die sie auf die Abtropffläche der Spüle gelegt hatten. Dann, mit ausdrucksstarker Mimik, spielte sie Freude und Schmerz und legte zusätzlich die Hand auf ihr Herz.

»Ah, verstehe.« Jamie tat, als würde er ein Messer in der Hand halten und sich damit erdolchen.

»Ah, ein Thriller«, folgerte Aurelia. *»Ein Mordfall.«*

Jamie nickte. »Yes. Si. Ein Todesfall. Mord.«

»Furcht einflößend?« Aurelia machte ein ängstliches Gesicht.

Jamie antwortete mit einer unsicheren Handbewegung. »Manchmal Furcht einflößend, manchmal ha ha ha. Sehr schlecht geschrieben, das Ganze, also ni- ni- nicht so Furcht erregend.«

Eine Pause entstand. Beide suchten nach Worten und fanden sie nicht.

»Ich muss wieder an die Arbeit«, rettete Aurelia schließlich die Situation und erklärte, was sie meinte, indem sie tat, als würde sie den Fußboden schrubben. Sie fügte hinzu: *»Und später bringen Sie mich dann vielleicht nach Hause.«* Sie hob ihre Armbanduhr, tippte auf sechs Uhr und ergänzte es, indem sie ein imaginäres Lenkrad ergriff und es hin und her bewegte.

»O ja.« Jamie nickte. »Das ist meine Lieblings-Tageszeit, wenn ich Sie fahren kann.«

»Es ist meine traurigste Tageszeit«, sagte sie, *»wenn ich Sie verlassen muss.«*

Die Zeit raste dahin. Jamie hatte das Gefühl, dass seit dem Bad im See nur ein paar Minuten vergangen waren, als sie gemeinsam ins Auto stiegen. Unterwegs, auf der einsamen Straße, sah er sie an. Ihr Haar war noch immer nass. Er fing an zu begreifen, was geschah. Mit jeder Stunde, in der sie bei ihm war, entdeckte er mehr von ihrer Schönheit. Und es war mehr als nur eine äußerliche Schönheit. Das wusste er, obwohl er noch nicht einmal ihre Sprache verstand.

Unvermittelt wandte sie den Kopf, als sie spürte, dass er sie ansah. Rasch blickte er wieder nach vorn.

WEIHNACHTS-KAPRIOLEN stand in großen Lettern auf den Plakaten, die am Eingang und in den zur Straße gewandten Fenstern der Kunstgalerie aufgehängt worden waren. In allen Innenräumen der Galerie brannte Licht, auch in der kleinen Küche, im Büro und in den Toiletten.

Harry Trevor und Mel Jermyn waren gekommen, um den Schauplatz der bevorstehenden Weihnachtsfeier zu besichtigen. Sie trafen auf einen sichtlich nervösen Mark Doherty.

»Tut mir wirklich Leid wegen der Bilder«, sagte er.

»Nein, die sind doch sehr interessant«, erwiderte Harry. »Außerdem ist es ein Betriebsfest.« Sie blieben vor einem der Großfotos stehen. »Wie heißt dieses hier?«

Mark machte ein Gesicht wie unter Schmerzen. »›Vagina‹, glaube ich.«

Harry zeigte auf das Bild nebenan. »Und das da?«

»Das ist ›Vagina zwei‹«, erläuterte Mark fachmännisch. »Wie bei ›Vagina Nummer zwei‹ und ›Auch eine Vagina‹ wird auf dem Foto natürlich ebenfalls eine Vagina dargestellt.«

Karen, die sich am entgegengesetzten Ende der Galerie aufgehalten hatte, kam zu Harry, Mel und Mark herüber.

»Also, ich glaube«, teilte sie begeistert mit, »dies sind die besten Party-Räume, die man sich vorstellen kann. Mir gefällt vor allem das Porträt von den ›Four Tops‹.« Sie zeigte auf ein Foto, auf dem vier schwarze Penisse zu sehen waren. Dann, nach einem Blick auf die Armbanduhr, rief sie erschrocken: »O Himmel, ich habe einen Termin bei dieser schrecklichen Schulleiterin. Bernie steckt schon wieder mal in Schwierigkeiten.«

»Das darf nicht wahr sein!«, stöhnte Harry.

Karen wandte sich an die Mitarbeiterin ihres Mannes. »Hören Sie auf meinen Rat, Mel – heiraten Sie nicht. Sie geben Ihre Arbeit auf, verlieren Ihr gutes Aussehen und stecken all Ihre Lebensenergie und Ihre Liebe in ein paar Kinder, die sich am Ende als totale Bastarde erweisen.« Sie überlegte und sagte dann: »Na, auf jeden Fall ist das bei den Jungen so.« Sie lächelte Mel zu. »Freut mich, Sie kennen gelernt zu haben.« Sie küsste Harry und verabschiedete sich von ihm. »Bis später.«

Als sie hinauseilte, kam ihr Peter Murray entgegen, der gerade von seinen Flitterwochen zurückkehrte. Mark klatschte begeistert in die Hände.

»Hey, Pedro! Schön, dich zu sehen!« Sie umarmten sich. »Wie geht's dir, du hässlicher Hurensohn?«

»Prächtig«, antwortete Peter. »Eine große Erleichterung, wieder hier zu sein. Dieser dauernde Sex macht einen Mann fix und fertig.« Er nickte Harry und seiner Begleiterin zu. »Hallo, Mel – wie immer die gefährlich vollkommene Schönheit!«

Sie lächelte geschmeichelt.

Peter nahm erst jetzt die Fotos wahr. »Meine Güte!«, entfuhr es ihm. »Was läuft denn hier ab?« Das Bild, an dem sich sein Blick festgesogen hatte, zeigte einen überdimensionalen Penis.

»Ein manipuliertes Foto«, erklärte Mark. »Mit einem Bildbearbeitungsprogramm im Computer verfremdet. Das hoffe ich jedenfalls. Wir alle hoffen es.«

Zur selben Zeit stellte Karen ihren Wagen auf dem Parkplatz der Schule ab und rannte ins Gebäude. Im Elternsprechzimmer wartete bereits Mrs. Monroe, die Rektorin, eine Furcht einflößende, streng aussehende ältere Frau. Ebenfalls anwesend waren der Klassenlehrer und Karens Sohn Bernard. Er blickte so mürrisch drein wie immer. Karen bedachte ihn mit einem zornigen Blick, ehe sie sich setzte.

Die Schulleiterin eröffnete das Gespräch wie eine Gerichtsverhandlung. »Bernard hatte die Aufgabe, im Fach ›Religiöse Erziehung‹ einen Aufsatz darüber zu schreiben, was er sich zu Weihnachten wünscht.«

»Ja, richtig«, sagte Karen.

»Eigentlich ein nettes Thema«, fuhr Mrs. Monroe fort. »Aber nicht für Bernard.« Sie erteilte dem Klassenlehrer das Wort. »Mr. Trench.«

Mr. Trench hüstelte. »Wir hatten ein paar ganz ausgezeichnete Aufsätze. Viele beschäftigten sich mit einer Welt, die in Frieden lebt.«

»Ausgezeichnet«, bemerkte Karen.

»Und dann war da ein sehr bewegender Aufsatz von einem Jungen, der sich wünschte, dass seine schwer kranke Schwester nur für einen Tag, nämlich am Weihnachtstag, wieder gesund sein möge.«

»Ich hoffe sehr, dass das geschieht«, sagte Karen leise.

»Ich möchte, dass Sie den Beitrag Ihres Sohnes lesen«, ordnete die Rektorin an.

»In Ordnung«, erwiderte Karen. Erstaunt hob sie die Augenbrauen, als Mr. Trench ihr ein Heft reichte. »Was? Muss ich das hier lesen?«

»Ja«, antwortete Mrs. Monroe. »Es tut mir Leid, Mrs. Trevor, aber ich möchte, dass Ihr Sohn vor uns allen mit dem konfrontiert wird, was er getan hat.«

»Na gut«, stimmte Karen zu und begann zu lesen. ›Ich habe lange und angestrengt darüber nachgedacht, was ich mir zu

Weinachten wünschen könnte. Aber nach gründlicher Überlegung …‹

Sie blickte auf, sah Bernard an und sagte tadelnd: »Du hast Weihnachten falsch geschrieben. Ohne ›h‹.«

»Tut mir Leid«, murmelte Bernie.

Karen schüttelte enttäuscht den Kopf und las weiter. ›… nach gründlicher Überlegung habe ich entschieden, mir zu Weihnachten zu wünschen, dass man nur für einen Tag die Fürze der Menschen sehen könnte.‹

Karen verschlug es die Sprache, und als sie entsetzt den Kopf hob, wussten alle Anwesenden, was sie gerade gelesen hatte. Der Ernst der Lage hing plötzlich mit spürbarer Schwere in der Luft.

›Könnte man sich irgendetwas Lustigeres vorstellen‹, setzte Karen ihre Lektüre fort, und vor ihrem geistigen Auge sah sie die Szenen, die ihr Spross beschrieb. Gleichzeitig hörte sie seine Stimme, obwohl er nur mit gesenktem Kopf dasaß und mürrischer aussah als je zuvor.

Die ganze Familie war zum festlichen Weihnachtsessen versammelt. ›Man nähert sich dem Ende einer gewaltigen Mahlzeit‹, schilderte Bernie das Geschehen, ›und deine Oma lässt einen fahren. Und diesmal kann sie wenigstens nicht dem Hund die Schuld geben.‹ Hinter dem Rücken der Großmutter stieg eine kleine blaue Luftblase auf.

›Man geht zur Kirche‹, beschrieb Bernie die nächste Szene, ›und zum ersten Mal macht es richtig Spaß.‹ Karens Vorstellungskraft formte das Bild, an das ihr Sohn bei der Beschreibung gedacht hatte. Eine schmucke ländliche Kirche war voller Menschen, und das gesamte Kirchenschiff war derart von Blasen angefüllt, dass es wie blauer Schaum aussah, der zu den Bleiglasfenstern und den gotischen Mauerbögen aufstieg. Erstaunlicherweise produzierten kleinere Leute die größeren Fürze, während von den großen Menschen nur kleine blaue Luftblasen aufstiegen. Eine besonders dichte blaue Wolke schwebte über dem Chor, der gerade sang.

›Und schließlich‹, schrieb Bernard, ›kommen wir zu dem Moment, auf den wir alle unser ganzes Leben lang gewartet haben.‹ Im Buckingham Palace hielt die Queen ihre Rede, die von blauen Luftblasen begleitet wurde. ›Und natürlich dürfen wir niemals die Bedeutung der Tradition vergessen – ebenso wenig wie die Wichtigkeit der Familie.‹ Dann war die Queen während einer Parade auf ihrem Reitpferd zu sehen, und dem Pferd entschwebte eine mächtige blaue Wolke. Anschließend unternahm die Königin mit ihren Söhnen einen Spaziergang durch den St. James Park, und blaue Luftblasen folgten ihnen.

Karen schüttelte ungläubig den Kopf. »Also …«, sagte sie. »Das ist enttäuschend. Es ist mir peinlich, und ich schäme mich fast. Würde es Ihnen etwas ausmachen, wenn ich mal kurz mit Bernard rausgehe und ein paar Worte mit ihm rede?«

Die Rektorin und der Klassenlehrer hatten nichts dagegen einzuwenden.

»Tut mir Leid, Mom«, sagte Bernard, als sie allein auf dem Korridor waren.

»Es tut mir auch Leid, Bernie«, erwiderte sie. »Es tut mir Leid, ich schäme mich, und es ist mir peinlich, dass ich dich auf eine Schule mit solchen totalen Schwachköpfen geschickt habe, die einen guten Gag nicht kapieren, wenn sie ihn sehen.«

»Was?«, staunte Bernard. Ungläubig blinzelnd blickte er zu ihr auf.

»Du hast gehört, was ich gesagt habe«, antwortete Karen. »Was du da geschrieben hast, ist eine hochrangige Komödie, das ist erstklassiger Stoff. Du bist mein Sohn, und es ist ganz klar, dass ich dich lieb hab. Aber für diese Geschichte liebe ich dich. Ich denke ernsthaft darüber nach, ob man das nicht entwickeln könnte, weißt du. Wenn man irgendein unsichtbares Gas in die Luft sprühen würde, das auf Fürze reagiert, dann könnte das schon klappen.«

»Meinst du?« Bernard sah sie mit großen Augen an und kam aus dem Staunen nicht mehr heraus.

»Ich bin verdammt sicher«, knurrte Karen.

In dem großen Sitzungssaal der Schallplattenfirma saß Billy Mann auf einem Stuhl, während sein Manager Joe Alstyne unruhig auf und ab ging.

»Meinst du?«, fragte Billy und staunte.

»Ich bin verdammt sicher«, knurrte Joe. »Wenn dieser Laden hier noch ein paar Scheine extra investiert, können wir Nummer eins werden. Alles, was du tun musst, ist, Ihnen noch ein bisschen Honig ums Maul zu schmieren – und ihnen klar zu machen, dass du ein Team-Player bist.«

»Genau. Cool!« Billy grinste spöttisch. »Ich werde ganz lieb sein zu den Schlipsträgern.«

»Ich meine es ernst, Bill«, erwiderte sein Manager. »Du bist ein Genie. Ich weiß es. Du weißt es. Aber wir wissen auch, dass diese Branche voll ist von kleinen Scheißern, die sich selbst viel zu wichtig nehmen. Und manchmal brauchen wir diese kleinen Scheißer auf unserer Seite.«

»Unbedingt«, stimmte Billy ihm zu. »Weise Worte. Profunde Wahrheiten.«

»Auf geht's«, sagte Joe und deutete auf eine Tür, die in diesem Moment aufschwang.

Drei ziemlich hip aussehende Pop-Manager kamen herein – zwei ältere Kerle und eine jüngere Frau.

»Dave, Alain, Gina!«, rief Joe wie in einem Anfall von Begeisterungswahn. »Wow! Tut das gut, euch zu sehen! Ich bin Joe, und dies ist ...«, er machte eine Handbewegung zu seinem

Partner hin, »nun, wir wissen natürlich alle, wer er ist. Es ist Billy Mann!«

»Hey!«, begrüßte auch Billy die drei. »Dave. Alain. Gina. Und wie alt bist du, Gina? Zwölf? Oder schon dreizehn?«

»Ich bin vierundzwanzig«, antwortete Gina. »Und wie alt bist du?«

»Ich bin vierundneunzig«, erwiderte Billy und grinste breit. »Hast du jemals einem richtig alten Knacker einen geblasen?«

Gina wurde blass, öffnete den Mund, bekam aber kein Wort heraus. Ihre Kollegen schwankten zwischen Heiterkeit und einem Wutausbruch.

Joe lachte laut, um die Peinlichkeit des Augenblicks zu überspielen. »Nun«, verkündete er dröhnend, »ich denke, wir wissen alle, weshalb wir hier sind. Die CD läuft großartig, der Videoclip ist eine echte Sensation. Aber wir müssen es einfach auf die Reihe bringen, dass ›Christmas is All Around‹ mit hundertprozentiger Sicherheit Nummer eins in den Charts wird.«

»Absolut«, bekräftigte Billy. »Macht weiter damit. Im Übrigen würde ich zu gern herausfinden, wer von euch kleinen Arschlöchern gesagt hat, dass er mich von dem Label kicken würde, falls die Single ein Flop werden sollte.«

Vor dem Bauernhaus lud Jamie seine Koffer und Unmengen von typisch französischen Geschenken – vor allem Wein und verschiedene Käsesorten – ins Auto. Aurelia half ihm dabei.

»Weihnachten«, erklärte er. »Noel. Grando familio.«

Sie versuchte zu lächeln. Doch der bevorstehende Abschied verdrängte ihre Heiterkeit. Jamie schloss das Haus ab und bemerkte nichts von Aurelias trauriger Stimmung, da sie die Fahrt durch das Tal wie gewohnt in völligem Schweigen zurücklegten.

Als er sie wie üblich am Stadtrand aussteigen ließ, rief er sie noch einmal zurück. Sie beugte sich in den Wagen, und er gab ihr die Hand zum Abschied.

»Ich danke Ihnen«, sagte Aurelia auf Portugiesisch. *»Ich werde Sie vermissen – Ihr langsames Tippen auf der Schreibmaschine und Ihr sehr, sehr schlechtes Autofahren.«*

Er lächelte und hob die Schultern, da er nichts verstanden hatte. Daher beugte sie sich einfach noch weiter ins Auto und küsste ihn sanft auf die Wange.

Er fühlte sich in einem seltsamen Schwebezustand, als er ihr nachblickte, wie sie den Bürgersteig entlangging und in die Seitenstraße abbog. Er fuhr an. Dann stoppte er wieder und überlegte. Schließlich fuhr er von neuem an, immer noch benommen und verwirrt.

Als er um die nächste Ecke bog, kam ein Auto direkt auf ihn zu. Eine Hupe gellte empört. Im letzten Moment begriff Jamie, dass er auf der linken Seite fuhr. Er riss das Lenkrad herum und kam noch einmal mit dem Leben davon.

Weihnachtswünsche

Die Straßen Londons waren erfüllt vom abendlichen Glanz der Lichter. Autoscheinwerfer erhellten die Bürgersteige auch an jenen Stellen, die von den Straßenlampen nicht erreicht wurden. Zusätzliche Helligkeit fiel aus den Schaufenstern der Geschäfte mit ihren illuminierten Sternen und Glocken. Wohnungsfenster und auch jene von Marks Galerie strahlten warmgelbes Licht aus und ließen auf die Gemütlichkeit schließen, die dort in den warmen Räumen herrschte.

Unter den vielen Menschen, die die Straße auf dem Fußgängerüberweg überquerten und auf dem Bürgersteig weiterhasteten, war auch die Rektorin von Bernards Schule. Doch die Galerie, in der die Weihnachtsfeier des Fairtrade Office begonnen hatte, erweckte nicht die Aufmerksamkeit der dunkel gekleideten Frau.

In der Galerie perlten instrumentale Weihnachtslieder aus den Lautsprecherboxen. Heitere Stimmen und Gelächter erfüllten die behaglich warmen Räume.

Karl wurde von einer ganzen Schar hübscher junger Frauen umringt, während Sarah abseits stand – allein und dabei keineswegs weniger attraktiv als ihre Kolleginnen. Mels Outfit war das Aufregendste des Abends; sie trug ein enges rotes Kleid, das ihre Figur wie die berühmte zweite Haut betonte, und dazu passende Pumps. Sie unterhielt sich mit einer Kollegin, doch sie wirkte desinteressiert und geistesabwesend. Harry war in ein Gespräch mit Karen und einem Freund vertieft.

»Ich glaube, ich mache dann mal meine Pflichtrunde«, beschloss Karen.

»Du bist eine Heilige«, lobte Harry. Er setzte das Gespräch mit dem Freund fort und wechselte dabei einen Blick mit Mel.

Nur Sekunden später war sie zur Stelle und berührte seine Schulter. »Habe ich eine Chance auf einen Tanz mit meinem Boss?«, fragte sie.

»Aber sicher«, antwortete Harry und erwiderte ihren Blick und ihr Lächeln. »Solange es Ihrem Freund nichts ausmacht.«

»*Nicht* meinem Freund«, erwiderte sie verschmitzt.

»Na dann«, sagte Harry unternehmungslustig. Mit einem Nicken verabschiedete er sich von seinem Gesprächspartner. Mel hakte sich bei Harry unter, als er sich mit ihr auf den Weg zur Tanzfläche machte.

Als sie sich in die Schar der tanzenden Paare einreihten, kamen sie an Mark vorbei, der sich mit einem der Pensionäre der Firma unterhielt.

»Das gefällt mir besonders gut«, sagte der grauhaarige Mann und deutete auf ein Foto, das etwa hundert Menschen ohne Kopf zeigte. »Wie heißt das?«

Mel gab ihm bereitwillig Auskunft: »Ich glaube, es ist der ›Tabernakel-Chor der Mormonen‹.«

Ein paar Schritte entfernt war Karen zu sehen. Sie unterhielt sich angeregt mit einem ausgesprochen langweilig aussehenden Ehepaar.

»Sie sehen heute Abend wirklich bezaubernd aus«, sagte Harry zu seiner Tanzpartnerin.

»Für Sie«, antwortete Mel mit einem tiefen Blick.

»Wie bitte?«, entgegnete er.

»Es ist alles für Sie, Sir«, erklärte sie leise und lockend.

Ihm fehlten die Worte. Er war nicht sicher, ob das der alleinige Grund dafür war, dass Mel und er für den weiteren Verlauf des Tanzes zur Körpersprache übergingen.

Draußen, in der Dunkelheit, bewegten sich zwei umschlungene Körper in der Nähe einer Hintertür – ein weiblicher und ein männlicher Körper. Die Frau war nackt, der Mann bekleidet. Als der Kameramann näher herankam, musste die Frau niesen.

»In Ordnung, stopp erst mal!«, rief Tony Frazer, der Regie-Assistent. »Hat mal jemand eine Jacke für Judy?«

Sofort riss sich John die Jacke vom Leib und hüllte seine Double-Partnerin damit ein.

»Danke«, sagte Judy. »Du bist ein echter Gentleman.«

»Für dich«, antwortete John. »Das ist alles nur für dich.« Der Blick, mit dem er sie ansah, war etwas mehr als nur geschäftsmäßig.

In der Galerie mit ihrer Musik und den heiteren Stimmen tanzte Mark ohne sonderliches Interesse mit einer jungen Frau, die einen ganzen Kopf kleiner war als er. Karen war auf Sarah gestoßen, und die beiden hatten ein Gespräch miteinander begonnen. Sie blickten hinüber zu Harry, wie er mit Mel tanzte.

»Ich nehme an, es gehört zu seinem Job, mit jeder zu tanzen«, sagte Sarah.

»Ja«, erwiderte Karen. »Mit einigen etwas mehr als mit den anderen.«

Während sie den Tanzenden zuschaute, bemerkte Sarah, dass Karl auf einmal neben ihr stand. Karen hatte ihren Weg fortgesetzt, wandte sich bereits den nächsten bekannten Gesichtern zu.

»Nur ein Tanz, bevor wir keine Gelegenheit mehr dazu haben«, bat Karl.

»Mit mir?«, fragte Sarah ungläubig und sah sich um, ob er nicht eine andere meinte.

»Ja.« Er nickte. »Es sei denn ...«

»Nein, nein«, sagte sie rasch. »Gerne, sehr gerne. Danke.«

In dem Augenblick, in dem sie zu tanzen begannen, wechselte die Musik von einem schnellen zu einem langsamen, romantischen Stück, und so ergab es sich wie selbstverständlich, dass sie sich gegenseitig fest in die Arme nahmen. Sarah blickte mit strahlendem Lächeln zu Karl auf. Sie sah glücklich dabei aus.

Nur wenige Straßen weiter schloss Carla Monroe, die Rektorin, die Tür einer kleinen Neubauwohnung auf.

»Hallo!«, rief sie beim Eintreten.

»Ah! Willkommen!«, antwortete Geraldine, ihre Lebenspartnerin, aus dem Schlafzimmer.

Carla hängte ihren Mantel an die Garderobe, stellte die Tasche ab und begab sich als Erstes in die Küche. »Na, wie war's heute?«, rief sie, während sie ein Glas Wasser einschenkte.

»Ach, du weißt schon«, antwortete Geraldine. »Es kommt in Schüben. Übrigens – nach dem Lunch gab es eine hervorragende Folge von *Starsky and Hutch*. Also, die beiden sind ja wirklich schlechte Fahrer.«

Carla ging hinüber ins Schlafzimmer, wo Geraldine im Schlafanzug im Bett saß. Sie war schwer krank und ans Bett gefesselt, hatte aber trotzdem ihren Humor noch nicht verloren. Carla war für sie der unerschütterliche Fels, an dem sie sich festhalten konnte.

»Hier, trink erst mal«, sagte Carla und gab ihr das Glas Wasser. »Später habe ich ein paar leckere Würstchen für dich.« Sie setzte sich zu ihr auf die Bettkante.

Geraldine trank einen Schluck und stellte das Glas ab. »Wie war's in der Schule?«

Carla atmete hörbar durch die Nase aus. »Da gab's ein ziemlich seltsames Ereignis. Ich hatte eine Mutter herbestellt, deren Sohn einen ziemlich schockierenden Aufsatz geschrieben hatte. Nachdem wir ihr das erklärt hatten, ging sie mit ihrem Sohn raus und ließ Bob Trench und mich im Sprechzimmer sitzen wie bestellt und nicht abgeholt. Erst nach zehn Minuten wurde uns klar, dass die beiden einfach abgehauen waren.«

»Wie entzückend! Das lehrt dich, nicht so wichtigtuerisch zu sein. Ich wette, der Aufsatz war hervorragend.«

»Na ja, um ehrlich zu sein – er hatte seine amüsante Seite.« Carla musste lächeln. »Der Junge wünschte sich zu Weihnachten, die Fürze der Menschen sehen zu können.«

»Bravo!«, freute sich Geraldine. »Das wünsche ich mir auch zu Weihnachten.« Sie lachte schallend, doch im nächsten Moment zuckte sie zusammen, als ein stechender Schmerz sie durchfuhr.

»Alles in Ordnung, meine Liebste?«, fragte Carla besorgt.

Geraldine atmete tief durch und richtete sich wieder auf. »Ja, bestens. Und nun zu den Würstchen – das ist doch nicht diese neue Sorte mit Schweinefleisch und Lauch und Apfel und all diesem Zeug drin?«

»Definitiv nein«, antwortete Carla. Dann musste sie schmunzeln und korrigierte sich: »In Ordnung, ich picke die Apfelstücke heraus. Und den Lauch. Und den Spargel.«

Erneut brach Geraldine in ihr schallendes Gelächter aus. Carla stimmte mit ein. In ihrer Liebe zu ihrer Partnerin war sie die warmherzigste Frau der Welt.

Harry schaltete den Radiowecker ein, bevor er unter die Bettdecke schlüpfte. Wie immer, wenn Karen und er nach Hause kamen, war er als Erster im Schlafanzug und im Bett. Er dachte an Mel, stellte sie sich in ihrer verführerischen Unterwäsche in ihrem vermutlich anregend eingerichteten Schlafzimmer vor.

Leise Weihnachtsmusik ertönte aus dem Radio, als Karen aus dem Bad in das eher konservativ eingerichtete eigene Schlafzimmer kam.

»Es war ein schöner Abend«, sagte sie. »Obwohl ich mich dick gefühlt habe.«

»Nun hör aber auf.« Harry verschränkte die Arme hinter dem Kopf und sah ihr zu, wie sie ihr Kleid auszog.

»Es stimmt aber«, beharrte sie. »Heute kann ich nur noch Klamotten kaufen, die vorher Pavarotti gehört haben.«

Mit taxierendem Blick erkannte Harry, dass sie in der Tat zugelegt hatte.

»Mel ist sehr hübsch«, sagte Karen.

Er tat desinteressiert. »Tatsächlich?«

Karen lächelte. »Du weißt, dass sie es ist. Also pass auf dabei.«

Sarah kam sich noch immer vor wie in einer Art Schockzustand, als sie mit Karl im Wagen saß – mittlerweile vor dem Haus angekommen, in dem sie wohnte. Sie war nicht imstande, einen Einwand hervorzubringen, als er mit ihr ausstieg und sie bis in den Hausflur begleitete.

»Gute Nacht«, sagte er.

»Gute Nacht«, erwiderte sie.

Er küsste sie einfach – nicht auf die Wange, sondern auf die Lippen. Sein Gesicht war offen und ehrlich, als er sie ansah.

»Eigentlich muss ich nicht gehen«, sagte er.

»Nein, in Ordnung«, entgegnete Sarah. »Das ist in Ordnung.« Sie zwang sich, ruhig zu bleiben, total cool zu wirken. In Wahrheit hätte sie vor Freude am liebsten einen Luftsprung gemacht. Sie spürte, dass dies der schönste Augenblick ihres Lebens war. Und sie musste etwas tun, um ihn zu verkraften.

»Entschuldige mich mal einen Moment, Karl«, bat sie. Rasch lief sie nach nebenan, ins Wohnzimmer, und schloss die Tür hinter sich. Sie stieß die Arme in die Luft, hüpfte wie wild auf dem Teppich umher und stieß dabei stumme Freudenschreie aus. Dann sank sie auf die Knie, faltete die Hände und reckte sie zum Himmel – in einem gleichfalls stummen Dankesgebet. Schließlich richtete sie sich auf, sammelte sich und war völlig gelassen, als sie in den Korridor zurückkehrte.

»Gut, in Ordnung«, sagte sie locker. »Komm doch einfach mit nach oben.« Im selben Augenblick fiel ihr ein, wie ihr Schlafzimmer aussah. Sie startete durch wie eine Rakete, raste die Treppe hinauf und stieß die Tür auf. Rund um das Bett lagen Kleidungsstücke und Schuhe verstreut.

Während Sarah bereits in fliegender Hast mit dem Aufsammeln begann, schüttelte Karl unten noch schmunzelnd den Kopf. In aller Ruhe machte er sich auf den Weg nach oben. Unterdessen stopfte Sarah einen Arm voll Klamotten in den Wäschekorb. Die Schuhe kickte sie in eine Ecke. Mit einem Sprung erreichte sie das Radio auf dem Nachtschrank und schaltete es ein. Als Karl eintrat, hielt sie keuchend inne. Ihr war, als würde er sie mit seinem spöttisch-amüsierten Blick als unordentlichste Einwohnerin Londons entlarven und gleichzeitig zu völliger Tatenlosigkeit verdammen. Sie hörte nicht einmal die sanfte Weihnachtsmusik aus dem Radio, gespielt von einem Swing-Quintett.

»Hey«, sagte Karl leise, streifte das Jackett wie selbstverständlich ab und näherte sich ihr. Auf dem kurzen Weg ließ er die Jacke achtlos zu Boden fallen.

Sie folgte der Anweisung seines nun hypnotischen Blicks und schwebte ihm entgegen. Der Teppichboden unter ihr hatte sich längst in eine Wolke verwandelt. Sie kickte ihre Schuhe weg, und das Schwebegefühl verstärkte sich noch. Sie flehte zum Himmel, dass sich nicht plötzlich ein Loch in der Wolke auftun und sie in die Tiefe stürzen würde.

Aber solche Stürze passierten nur in Albträumen. Und in Albträumen wurde man nicht so leidenschaftlich geküsst, wie es in diesem Augenblick geschah. Sarah schlang ihre Arme um Karls Hals und erwiderte seinen Kuss mit der größten Inbrunst, die sie jemals in ihrem Leben entwickelt hatte. Gemessen an dem Feuer des Verlangens, das in ihr loderte, lief der arme Karl Gefahr, mit Haut und Haaren zu verbrennen.

Sie besann sich darauf, etwas Nützliches zu tun, was der Situation zugleich angemessen war. In seinen starken Armen beugte sie sich zurück und begann, die Knöpfe seines Hemds zu öffnen. Dann, als er mit nacktem Oberkörper vor ihr stand, küsste sie seinen Hals, seine Schultern, seine Brust. Er revanchierte sich, indem er sie von ihrer Bluse befreite. Auf diese Weise, im Wechsel, setzten sie ihre lustvollen Vorbereitungen fort, bis sie beide den entscheidenden Moment für gekommen hielten.

Eng umschlungen sanken sie auf das Bett. Sarah trug noch ihren BH und den Slip, als Karl bereits über ihr lag. Er hatte es noch nicht geschafft, sich seiner Anzughose zu entledigen. Aller widrigen Umstände ungeachtet, fanden ihre Lippen zueinander und vereinten sich in einem neuen leidenschaftlichen Kuss.

»Warte mal«, sagte Karl. »Ich muss die erst mal ausziehen.« Er drehte sich zur Seite, zeigte auf seine Hose und öffnete den Gürtel. Mit heftigen Beinbewegungen stieß er die Hose von sich. In der nächsten Sekunde, als er es geschafft hatte, warf Sarah sich über ihn. Aufgerichtet, sitzend, blickte sie zärtlich lächelnd auf ihn hinab.

»Schönes Mädchen«, sagte er und erwiderte ihr Lächeln.

Ihr Blick vergrub sich in den seinen. Zaghaft öffnete sie ihren BH. Auf einmal klingelte das Telefon. Sarah erschrak und saß wie erstarrt auf dem Mann ihrer Wahl. Sechs Mal ertönte das Rufzeichen. Sie blickte auf das Display des Radios. Es war nach halb eins.

»Ich glaube, ich muss mich melden«, sagte Sarah bedauernd und schwang sich zur Seite. Es dauerte eine Weile, bis sie das schnurlose Telefon in dem Durcheinander auf dem Nachtkästchen gefunden hatte.

Ein Redeschwall ertönte aus der Hörmuschel. Der Anrufer klang aufgeregt, hatte offenbar unendlich viel zu erzählen.

»Hallo, Schätzchen«, sagte sie. »Nein, ich hab nichts zu tun. Nein, nein, wirklich nicht. Nun schieß schon los.« Um Verzeihung heischend sah sie Karl an, der mittlerweile nackt neben ihr saß. Eine Weile hörte sie dem Anrufer zu. »Ja, weißt du«, sagte sie dann, »ich bin nicht sicher, ob es möglich sein wird, noch heute Nacht mit dem Papst Kontakt aufzunehmen, aber …«

Karl rutschte langsam von ihr weg, um sich auf die Bettkante zu setzen. Sarah formte ein »Sorry« mit den Lippen, während sie weiter zuhörte.

»Nein, nein«, sagte sie in die Sprechmuschel. »Ich bin überzeugt, dass er ein sehr guter Exorzist ist. Ja, Paul McCartney könnte auch ganz gut sein. Ich verspreche dir, ich kümmere mich darum.« Sie hörte noch einmal kurz zu und verabschiedete sich dann. »Okay, bye-bye. Ich rufe wieder an.« Sie drückte die Trenntaste und sah Karl an. »Es tut mir Leid.«

»Nein, ist schon in Ordnung«, erwiderte Karl. Er drehte sich auf der Bettkante zu ihr um.

»Das war mein Bruder«, erklärte Sarah. »Ihm geht es nicht gut. Er ruft mich sehr oft an.«

»Das tut mir sehr Leid«, sagte Karl.

»Nein, ist schon in Ordnung. Ich meine, es ist natürlich nicht in Ordnung, aber es ist, wie es ist. Und weil wir keine Eltern mehr haben und beide allein sind, ist es mein Job, mich um ihn zu kümmern. Na ja, kein Job in dem Sinne – aber ich bin froh, es für ihn tun zu können.«

»Natürlich, natürlich.« Karl war voller Verständnis. »Es ist okay. Das Leben ist voll von Unterbrechungen und Komplikationen.«

Er beugte sich zu ihr herüber und küsste sie. Sie schmiegte sich an ihn, ließ sich von der Wärme und der Kraft seines Körpers gefangen nehmen. Ihnen blieben genau zwanzig Sekunden, dann klingelte das Telefon von neuem. Sarah richtete sich auf und starrte es an.

»Wenn du mit ihm sprichst«, sagte Karl, »geht es ihm dann hinterher besser?«

»Nein.« Sie schüttelte betrübt den Kopf. Das Schrillen des Telefons zerrte an ihren Nerven.

»Dann solltest du dich vielleicht ... gar nicht erst melden.«

Ihr Blick wechselte vom Telefon zu Karl. Schweigend sah sie ihn an. Dann nahm sie das Telefon und drückte die OK-Taste.

»Hey!«, rief sie. »Wie geht's dir? Ja?« Sie hörte ihrem Bruder zu.

Karl saß still auf der Bettkante.

»Mein kleines Schätzchen«, sagte Sarah mütterlich. »Bitte tu das nicht. Wir beide werden die Lösung finden, und es wird nicht mehr wehtun.«

Karl stützte den Kopf in die Hände und wartete.

»Nein, ich habe nichts zu tun«, sagte Sarah. »Wenn du möchtest, dass ich jetzt zu dir komme, dann werde ich das natürlich tun.«

Karl drehte sich um und sah sie entgeistert an. Sie senkte den Kopf. Zwischen ihnen war nur das Bett, und doch waren sie Meilen voneinander getrennt.

In einem anderen Schlafzimmer, zur selben Zeit, lag eine Frau wach und blickte voller Angst und Sorge zur Zimmerdecke. Es war Carla Monroe, die Rektorin. Sie bekam kein Auge mehr zu, obwohl Geraldine neben ihr schlief.

Doch Geraldines Atmen hörte sich schlimm an – unregelmäßig und rasselnd, manchmal wie unter einer schweren Last und dann wieder so flach, dass Carla aufschrak und glaubte, Geraldine würde überhaupt nicht mehr atmen.

Carla dachte an die Weihnachtswünsche von Kindern und Erwachsenen. Und sie wusste, dass ihr Wunsch ebenso unerfüllbar war wie der des kleinen Bernard.

›Nur einen Tag, lieber Gott, lass Geraldine nur einen Tag wieder ganz gesund werden – am Weihnachtstag.‹

Sie horchte in die Stille der Nacht, und sie wusste, dass sie keine Antwort zu erwarten hatte.

Dennoch hoffte sie darauf.

Auch Karen Trevor lag wach, in ihrem Schlafzimmer, neben Harry, ihrem Ehemann. Sie hörte seine tiefen und regelmäßigen Atemzüge und war sich darüber im Klaren, dass es ein Geräusch aus der Vergangenheit sein würde. Früher oder später würde es das sein.

Denn sie hatte ihn verloren.

Sie blickte zu ihm hinüber und sah sein Gesicht im schwachen Widerschein von Mond, Sternen oder Straßenlampen. Bis auf die paar lächerlichen, unbedeutenden Falten hatte sich nichts geändert an dem Gesicht des Mannes, den sie geliebt hatte – oder immer noch liebte?

Würde die Antwort auf diese Frage etwas ändern?

Tränen formten sich in ihren Augenwinkeln.

Daniel war den Tränen nahe. Er konnte nicht aufhören, das Bild auf seinem Nachttisch anzusehen. Es zeigte eine heitere Jo, jung, schön und fröhlich. Er erinnerte sich, wie er sie zum Lachen gebracht hatte, damals, bei dem Ausflug ins Grüne, als er das Foto gemacht hatte. Krankheit und Tod waren etwas gewesen, an das sie nicht einmal gedacht hatten. Und wenn, dann hatte es bestenfalls andere Menschen betroffen, niemals einen selbst.

Daniel konnte nicht schlafen. Deshalb hörte er der traurigen Musik aus dem Radio zu und hing seinen traurigen Gedanken über Jo nach. Ihr vollständiger Name war Joanna gewesen.

Daniel dachte daran, dass auch Sams große und vermeintlich unsterbliche Liebe Joanna hieß. Ein seltsamer Zufall, ganz gewiss. Vielleicht sogar ein Zwinkern des Schicksals?

Kaum hatte Daniel angefangen, an Sam zu denken, wurde die Schlafzimmertür geöffnet, und sein Stiefsohn trat ein. Daniel setzte sich auf, indem er die Beine über die Bettkante schwang. Gerade noch rechtzeitig konnte er verbergen, in welchem Gemütszustand er sich befand.

»Ich habe ganz schreckliche Neuigkeiten«, sagte Sam niedergeschlagen. Am Fußende des Betts blieb er stehen.

»Lass hören«, forderte Daniel ihn auf.

»Joanna geht zurück nach Amerika.«

Daniel zog erstaunt die Mundwinkel nach unten. »Dein Mädchen ist Amerikanerin?«

»Ja«, antwortete Sam dumpf. »Sie ist Amerikanerin, und sie ist nicht mein Mädchen. Sie geht zurück nach Amerika, und das ist das Ende meines Lebens, wie ich es kenne.«

»Puh!« Daniel machte ein tief betroffenes Gesicht. »Das ist nun wirklich eine schlechte Nachricht. Was wir jetzt brauchen, ist Meg, und zwar sofort.«

Sam nickte, ohne sich freuen zu können. Dennoch gefiel ihm

das Ritual, das Daniel und er sich für schlaflose Nächte angewöhnt hatten. Es war einfach und doch wohl tuend. Sie setzten sich gemeinsam in die Küche, sahen sich die Videofassung von *Schlaflos in Seattle* an und löffelten dazu je einen Fünfhundert-Gramm-Becher Schokolade-Nuss-Vanille-Eis leer.

»Weißt du Sam«, sagte Daniel, als Meg Ryan und Tom Hanks zum Schluss auf dem Bildschirm ihr Glück gefunden hatten, »ich bin sicher, dass dein Mädchen einzigartig und außergewöhnlich ist. Aber es gehört zum Allgemeinwissen, dass es trotz allem für jeden von uns nicht nur ein Mädchen gibt.«

»Aber so war es bei Meg und Tom«, widersprach Sam. »So war es bei dir und Mom. So ist es bei mir. Es gibt nur die Eine für mich.« Er hob den Daumen, um es zu betonen.

»Na gut, das ist ein Argument«, gab Daniel zu. »Und sie heißt tatsächlich Joanna?«

»Ja. Genau wie Mom. Unheimlich, was?«

»Na ja, auf bestimmte Weise ist das wohl ein glücklicher Zufall für uns. Zumindest haben wir das göttliche Genie von Scott Walker.«

»Wer ist denn das?«, fragte Sam ahnungslos.

Daniel zwinkerte ihm zu. »Hör zu und erfahre es.«

Er führte seinen Sohn ins Wohnzimmer, legte die alte Scheibe von Scott Walker auf und suchte den Titel »Joanna« heraus. Während der ersten Zeile spielte Daniel ein pantomimisches Klavier zur Piano-Introduktion, doch dann sprach er sanft den Text mit, und schließlich ahmte er auf melodramatische Weise den großartigen Scott Walker nach. Sam machte mit und bediente ein imaginäres Schlagzeug.

»Joanna«, ertönte Scotts markante Stimme.

I can't forget the one they call ›Joanna‹
We owned the summer hand in hand – Joanna

And now she's always just a tear away ...
Goodbye you, you long lost summer leaving me behind you ...

Schwer prasselte der Regen auf Heathrow Airport. Colin und Tony gingen vom Taxi bis zum Portal der Eingangshalle.

»Du wirst als gebrochener Mann zurückkommen«, prophezeite Tony, als sie sich drinnen die Regentropfen von der Kleidung klopften.

»Yeah«, antwortete Colin breit. »Mit gebrochenem Rückgrat – von zu viel Sex.«

Tony seufzte und gab alle Versuche auf, seinen Freund belehren zu wollen. Er rollte ihm den Koffer bis zum Check-in und begleitete ihn dann bis zur Barriere vor der Zollabfertigung.

»Du bist auf der Straße ins Unglück!«, rief er ihm nach.

»Blödsinn«, rief Colin zurück, während er schon sein Handgepäck zum Durchleuchten auf das Fließband wuchtete. »Ich bin auf dem Nummern-Highway – westwärts ho!«

Tony schüttelte verzweifelt den Kopf. »Alle amerikanischen Frauen sehen aus wie Miss Piggy!«

»Leb wohl, Versager!« Colin winkte seinem Freund noch einmal fröhlich zu. »Aufgepasst, Amerika! Hier kommt Colin Frissell!« Und schon war er in der Schar der Passagiere auf dem Weg zum Gate verschwunden.

Tony wandte sich ab und ging davon. Auf einmal fühlte er sich mutterseelenallein. Erst jetzt, mit einem Mal, wurde ihm bewusst, dass er Colin wirklich vermissen würde. Er hatte nicht die leiseste Ahnung, was er mit sich selbst anfangen sollte.

Im Fairtrade Office war es am Tag nach der Weihnachtsfeier ruhiger als sonst – die Stimmen gedämpfter, keine Radiomusik und nur verhaltenes Tastatur-Klappern. Überdies waren etliche Schreibtisch-Plätze unbesetzt.

Harry hatte Mel in sein Büro gerufen und ihr Anweisungen für die kommenden Stunden gegeben.

»Okay«, sagte er abschließend. »Ich werde gegen drei zurück sein. Weihnachtseinkäufe. Weder eine leichte noch eine angenehme Aufgabe.« Er war schon auf dem Weg zur Tür, als Mel ihn mit einer Frage stoppte.

»Kaufst du auch was für mich?« Die Weihnachtsfeier war der ideale Anlass gewesen, zum »du« überzugehen. Doch dabei war es geblieben.

Harry war irritiert. »Äh ... ich weiß nicht. Daran hatte ich gar nicht gedacht.« Mels tiefer Blick verwirrte ihn zunehmend. Sexuelles Verlangen lag auf einmal wie etwas Greifbares zwischen ihnen in der Luft. »Wo ist übrigens Sarah?«, fragte Harry, allerdings nur, um abzulenken. Schließlich war sie nicht die Einzige, die fehlte.

»Sie konnte heute nicht kommen«, antwortete Mel. »Wegen einer Familienangelegenheit.«

»Das ist eine Umschreibung für ›Kater‹, die ich noch nicht kannte.« Harry grinste. »Bis später.«

»Ich freue mich darauf«, erwiderte Mel. »Und zwar sehr.«

Er eilte hinaus, getrieben von dem Versuch, diesen unerwarteten Gefühlen zu entkommen, die er erst einmal verkraften musste.

Geschenke von Herzen

Sarah und ihr Bruder Michael saßen sich allein in einem völlig kahlen Zimmer des geschlossenen Bereichs gegenüber. Es war wie eine Insel der Einsamkeit. Aus dem großen Klinik-Komplex, in dem sich der Raum befand, waren keinerlei Geräusche zu hören. Nur die beiden Videokameras, in gegenüberliegenden Ecken unter der Zimmerdecke montiert, zeigten an, dass Sarah und ihr Bruder nicht wirklich allein waren.

Michael hatte kaum noch Ähnlichkeit mit dem jungen Mann auf dem Foto, das auf Sarahs Schreibtisch stand. Blass und aufgedunsen, mit fettigem und strähnigem Haar, war er eine geisterhafte Erscheinung. Das kalte Licht der Leuchtstoffröhren verstärkte diesen Eindruck noch.

Bruder und Schwester saßen sich schweigend gegenüber.

»Hast du dir irgendwas im Fernsehen angeschaut?«, fragte Sarah schließlich.

»Nein«, antwortete Michael tonlos.

»Oh!«, sagte Sarah verwundert.

»Ja.« Michael nickte. »Jeden Abend.«

Sarah lächelte. »Na, dann ist es ja gut.«

»Sie versuchen mich zu töten«, eröffnete Michael ihr übergangslos.

Sarah schüttelte den Kopf, ohne ihr Lächeln einzustellen. »Niemand versucht dich zu töten, Schätzchen.«

Er starrte sie an. Langsam, sehr langsam hob er die rechte Hand, um sie zu schlagen. Die Tür flog auf, und ein Krankenpfleger eilte herein, auf den Tisch zu, um Sarah zu beschützen. Doch sie ergriff die erhobene Hand und sagte sanft: »Tu das nicht, mein Lieber.«

Überall in den Straßen standen mittlerweile Tannenbäume, mit Lichterketten behängt. Lichter in den ausgefallensten Formen schmückten Häuser und Schaufenster, überkränzten Bürgersteige und Fahrbahnen in Form von Girlanden. Die Weihnachtsstimmung griff von Tag zu Tag mehr um sich.

Harry passte sich dem durchschnittlichen Marschtempo der Fußgängerscharen an. Wie die meisten kannte er seine Ziele, wusste, wo er welche Geschenke ohne großen Zeitaufwand kaufen konnte. Die Unentschlossenen, die manchmal urplötzlich vor einem Schaufenster stehen blieben, brachten den festlichen Fußgängerverkehr immer wieder ins Stocken, sorgten für lästiges »Stop and Go« auf den Bürgersteigen.

Die frische Luft hatte Harrys Kopf etwas klarer gemacht, aber ein Rest von Verwirrung war immer noch vorhanden. Um auch damit fertig zu werden, holte er sein Handy aus der Tasche und tippte die Kurzwahl seines Büros ein. Gleich darauf hatte er Mel am anderen Ende.

»Sag mal …«, begann er, während er einem Ehepaar auswich, das vor ihm, schaufensterbedingt, plötzlich Halt machte. »Wirst du mir auch etwas schenken?«

Mel lachte leise. »Ich dachte, ich hätte mich gestern Abend klar genug ausgedrückt. Was mich angeht, ist es eine einfache Geschichte: Du kannst von mir alles haben.«

Harrys Rest-Verwirrung wich einem leichten Schock. Die Mitteilung Mels stürzte ihn in einen Strudel der Gefühle – in einen Strudel mit ungeheurer Sogwirkung. Er spürte schon jetzt, dass er strampeln konnte wie er wollte. Dieser Sog war einfach stärker als alles, was er je erlebt hatte.

Das Handy schien heiß geworden zu sein. So kam es ihm zumindest vor, als er es einsteckte. Er hatte keine Augen mehr für seine Umgebung, auch nicht für Mark Dohertys Galerie, an der er gerade vorbeikam.

Drinnen war auch Mark gerade am Telefon. Genervt blickte er zu zwei Schulmädchen hinüber, die nur ein paar Schritte von ihm entfernt die Penis-Fotos inspizierten und dabei kicherten. Sie taten es mit an- und abschwellender Lautstärke und schrillen kleinen Stimmen.

»Warte mal.« Mark hielt die Sprechmuschel des Telefons zu und rief den Mädchen zu: »Hey! Die Fotos sind nicht witzig! Das ist Kunst!« Dann nahm er die Hand herunter und setzte sein Gespräch fort. »Okay, sagen wir ... Donnerstag bei mir.«

»So lange kann ich nicht warten«, antwortete Peter Murray am anderen Ende der drahtlosen Verbindung. Er befand sich im Büro seiner Agentur. »Wir haben aufregende Fotos von Haien. Aber jetzt habe ich erst mal Juliet in der Leitung. Darf ich sie durchstellen? Sie möchte dich um einen kleinen Gefallen bitten.«

Mark seufzte, wenig erfreut. »Okay, meinetwegen.«

»Danke. Und sei nett.«

»Ich bin immer nett.«

»Du weißt, was ich meine, Marky. Versuch, freundlich zu sein.«

»Ich bin immer ...«, setzte Mark an, doch ein Klicken unterbrach ihn.

»Mark?«, rief Juliet.

»Hi«, antwortete er pflichtgemäß. »Wie waren die Flitterwochen?«

»Großartig. Und danke für das großartige Festprogramm.«

Aus den Geräuschen im Hintergrund schloss Mark, dass auch Juliet aus ihrem Büro anrief. »Also, was kann ich für dich tun?«, erkundigte er sich höflich.

»Es handelt sich nur um einen winzigen Gefallen, um den ich dich bitten möchte. Ich habe mir gerade das Hochzeitsvideo angesehen. Es ist eine Katastrophe!« Juliet gab einen klagenden Laut von sich. »Alles ist blaustichig und unscharf.«

»Oh, das tut mir Leid«, sagte Mark und verlieh seiner Stimme einen Klang aufrichtigen Bedauerns.

»Ich erinnere mich«, fuhr Juliet fort, »dich bei der Hochzeit die ganze Zeit filmen gesehen zu haben. Deswegen dachte ich nur, ob ich mir deine Aufnahmen mal ansehen könnte.«

»O nein!« Mark bekam einen Schreck. »Also, um ehrlich zu sein, ich habe gar nicht richtig ...«

Während er Juliets Ansinnen abzuwiegeln versuchte, strömten immer mehr Schulmädchen in die Galerie. Inzwischen waren es mehr als zehn. Offensichtlich hatten die beiden ersten sich nur in die Ausstellung verirrt. Durch eilige SMS-Mitteilungen schwoll ihre Zahl jetzt an. Es funktionierte so ähnlich wie das rätselhafte Kommunikationssystem der Krähen in Alfred Hitchcocks *Die Vögel.*

»Bitte!«, flehte Juliet. »Alles, was ich brauche, ist eine einzige Aufnahme von mir im Hochzeitskleid, wo es nicht türkis ist. Davon musst du doch mindestens zehn Sekunden haben.«

Mark atmete tief durch. In seiner Galerie drängten sich mittlerweile fünfzig kichernde Mädchen in Schuluniform.

»Okay«, sagte er. »Ich werde mal nachsehen. Aber um ehrlich zu sein, ich glaube, ich könnte die Aufnahmen schon alle gelöscht haben. Also mach dir keine großen Hoffnungen. Ich muss jetzt Schluss machen.« Missmutig legte er auf. Dann wandte er sich den Schulmädchen zu und rief: »Okay – das ist ja alles sehr witzig. Aber jetzt raus mit euch! Es sei denn, ihr habt dreitausend Pfund und seid bereit, sie für totale Pornografie auszugeben.«

Die Mädchen wurden still und starrten ihn an. Dann hob eine in der vordersten Reihe die Hand vor den Mund und prustete und kicherte. Eine zweite folgte dem Beispiel, und in der nächsten Sekunde kicherte der ganze uniformierte Haufen über den Anblick von Mark.

Er hatte eine vage Ahnung davon, was sie sich dabei vorstellten.

»Raus!«, brüllte er.

Das wirkte endlich.

Harry hatte eine der Hauptgeschäftsstraßen erreicht, als es für ihn zu einer zwanghaften Handlung wurde, Mel noch einmal anzurufen.

»Also ... äh ... was brauchst du denn? Irgendwas aus der Schreibwaren-Schiene? Fehlen dir vielleicht ein paar Schnellhefter?«

»Nein«, antwortete sie. »Ich wünsche mir etwas, das ich nicht brauche. Ich wünsche mir etwas, das ich mir wünsche. Etwas Hübsches.«

»Ah ja ... in Ordnung.« Harry trennte die Verbindung. In neuerliche Verwirrung gestürzt, entdeckte er Karen in der Menschenansammlung vor dem Kaufhaus. Er winkte und bahnte sich einen Weg auf sie zu.

»Tut mir Leid, dass ich spät dran bin«, entschuldigte sie sich. »Ich musste Bernie zu den Proben in der Schule absetzen.«

Harry rang sich ein Lächeln ab. »Ist er immer noch traumatisiert, weil er kein Krustentier sein darf?«

Karen lachte. »Er sagt, nur absolute Warmduscher glauben an Engel. Da hat er wohl vollkommen Recht. Ein kluges Kind.«

Sie ließen sich von dem Menschenstrom erfassen, der in das Erdgeschoss des Kaufhauses flutete.

»Beschäftige dich mal zehn Minuten lang«, schlug Karen vor. »Ich erledige dann eben den Routinekram für unsere Mütter.« Sie küsste ihn und wandte sich ab.

Harry sah sich rasch um. Die Schmuckabteilung sprang ihm ins Auge. Nur für die Dauer eines Atemzugs überlegte er, dann eilte er auf die Abteilung zu. Er erreichte einen der Tresen, und auf Anhieb erspähte er unter dem Glas genau das, was er sich vorstellte. Aber verdammt, da war eine Schlange von Wartenden.

Unvermittelt erschien ein korrekt gekleideter Verkäufer vor ihm. Ein Namensschild auf dem Revers wies ihn als »Rufus« aus. »Suchen Sie etwas Bestimmtes, Sir?«

»Ja ... äh ...« Harry zeigte auf das Tresenglas. »Diese Halskette da – was kostet die?«

»Die käme auf dreihundertsiebzig Pfund, Sir.«

Harry war geschockt. »Wow!«, stieß er hervor. Ihm wurde bewusst, dass er eine Entscheidung zu treffen hatte, die zugleich moralischer und finanzieller Art war. Er gab sich einen Ruck. »Okay. Ich nehme sie.«

Es war eine feingliedrige goldene Kette mit einem filigran gearbeiteten Herzen aus Gold.

»Soll ich es Ihnen als Geschenk einpacken?«, fragte Rufus.

Harry war überrascht. Daran hatte er nicht einmal gedacht. »Ja, warum nicht«, antwortete er erfreut.

»Natürlich, warum nicht«, erwiderte Rufus geschäftsmäßig höflich, als würde er den neu gewonnenen Kunden zu seiner Entscheidung beglückwünschen.

Er öffnete eine Klappe hinten am Glasfach des Tresens, nahm die Kette vorsichtig heraus und bettete sie auf eine kleine Unterlage aus dunkelblauem Samt. Dann drehte er sich um, öffnete eine Schublade und nahm eine kleine Schachtel heraus.

»Das hätten wir schon mal«, erklärte er feierlich, als er sich wieder nach vorn wandte. »Jetzt kommt das gute Stück hier hinein …« Mit äußerster Behutsamkeit bettete er die Halskette in die offene Schachtel, und mit spitzen Fingern rückte er die Kette zurecht, so dass sie völlig gerade lag. Abschließend legte er den Deckel auf die Schachtel.

»Ausgezeichnet«, kommentierte Harry. Angesichts der Sorgfalt des Mannes verspürte er einen leisen Hauch von Ungeduld.

Rufus freute sich. »Noch nicht ganz fertig!«, verkündete er und machte sich auf, den nächsten Akt seiner dekorativen Geschicklichkeit vorzuführen. Er trat auf einen Ständer zu, der Rollen mit seidig schimmernden Bändern in verschiedenen Farben enthielt. Er sah Harry an. »Blau oder Burgunder?«

»Äh … Blau wäre schön«, entschied Harry. »Hören Sie, ich wäre Ihnen sehr dankbar, wenn Sie das Ganze ein wenig beschleunigen würden.«

»Aber selbstverständlich, Sir«, dienerte Rufus. »Ich werde blitzschnell fertig sein – schneller als der schnellste Blitz.« Routiniert schnitt er einen guten halben Meter von dem Band ab, schlang es um die Schmuckschachtel, dann noch einmal, und schließlich verknotete er es, indem er die Enden des Bands mit seinen schlanken Fingern virtuos hin und her und vor und zurück wirbelte.

»Das ist großartig«, lobte Harry ihn in der Hoffnung, damit den Schlusspunkt zu setzen.

»Danke, Sir.« Rufus deutete eine Verbeugung an. »Wir sind bestrebt, schöne Dinge noch schöner zu machen.«

»Ja, das tun Sie ganz bestimmt«, bestätigte Harry.

Rufus nahm eine Schere aus der Schublade. Sorgfältig klemmte er die Enden des blauen Geschenkbands zwischen die Klingen der Schere. Nach einem jeweils raschen und gekonnten

Ruck kräuselten sich die Enden und bildeten eine Art künstlicher Blüte.

»Das ist großartig«, wiederholte Harry. Seine Nerven waren mittlerweile zum Zerreißen gespannt. Doch er zwang sich zur Ruhe, indem er sich sagte, dass das Geschenk-Kunstwerk jetzt seinen letzten Schliff erhalten haben musste.

Rufus drehte sich um, öffnete eine andere Schublade und nahm eine durchsichtige Zellophan-Tüte heraus.

»O Himmel!«, stöhnte Harry. »Ich brauche keine Tüte. Ich kann es einfach in die Jackentasche stecken.«

Rufus belehrte ihn: »Dies ist keine Tüte, Sir.«

»Ach, nein?« Harry war der Verzweiflung nahe.

»Nein, Sir. Dies ist viel mehr als eine Tüte.« Er öffnete sie, drehte sich um und zog eine weitere Schublade auf. Er nahm eine Hand voll getrockneter kleiner Rosen heraus, dann einige Lavendelblüten, und streute beides in die Tüte.

Harry sah auf seine Armbanduhr. Besorgt blickte er zum Fahrstuhl, der nicht weit entfernt war. Die Abstände, in denen Menschentrauben aus den oberen Stockwerken kamen, schienen immer kürzer zu werden.

»Könnten wir uns jetzt bitte beeilen«, drängte Harry.

»Aber selbstverständlich, Sir. Prontissimo.« Rufus nickte ihm aufmunternd zu. In diesem Augenblick zwitscherte sein Handy. Mit geübtem Schwung zog er es aus der Tasche und entschuldigte sich: »Einen Augenblick bitte, Sir.« Er meldete sich, und sein Blick verlor sich in der Weite über den Köpfen der Menschen im Kaufhaus. »Hallo? – Oh, hallo Gabriel! Ja, ganz bestimmt, aber ich fürchte, ich muss zurückrufen. Bis später!« Er sah Harry an. »Entschuldigen Sie, Sir. So, und jetzt ...«

Entsetzt beobachtete Harry, wie Rufus die Öffnung der Tüte zusammendrehte, eine neue Schublade öffnete und eine zehn Zentimeter lange Zimtstange herausnahm.

»Was ist das?« fragte Harry mit ersterbender Stimme.

»Es ist eine Zimtstange, Sir.«

»Wirklich, ich kann jetzt nicht mehr warten!«

»Sie werden es nicht bedauern, Sir.«

»Doch. Wollen wir wetten?« Harry sah sich gehetzt um.

»Es kann sich nur noch um Sekunden handeln«, versuchte Rufus ihn zu beruhigen. Er band die Zimtstange an der zusammengedrehten Tütenöffnung fest. »Das hätten wir schon mal. Fast fertig!«

»Fast?«, wiederholte Harry fassungslos. »Was könnte denn jetzt noch fehlen? Wollen Sie das Ganze noch in Joghurt tauchen und mit Schokoladenplätzchen bestreuen?«

»Nein, Sir.« Rufus schüttelte ernsthaft den Kopf. Er öffnete die nächste Schublade und nahm eine etwas größere Schachtel heraus, die mit stilisierten Tannenbäumen und brennenden Kerzen bedruckt war. »Jetzt kommt es nur noch in diese Weihnachts-Schachtel.«

»Aber ich will keine Weihnachts-Schachtel!« Harry schrie beinahe.

Rufus sah ihn verdutzt an. »Aber Sie sagten, Sie wollten die Kette als Geschenk verpackt haben.«

»Ja, aber ...«

»Dies ist doch nun das Tüpfelchen auf dem i, Sir.«

»O Gott!« Harry war drauf und dran, dem Kerl an die Gurgel zu gehen. Doch er erinnerte sich an seine guten Manieren und flehte stattdessen: »Kann ich bitte einfach bezahlen?«

Erneut sah er sich um, inzwischen schon wie ein in die Enge getriebenes Tier.

»Aber sicher, Sir«, erwiderte Rufus väterlich. »Jetzt legen wir es nur noch in die Schachtel, und dann kommt obendrauf noch ein kleiner Stechpalmen-Zweig.«

»Nein!«, protestierte Harry. »Nein! Keine verdammte Stechpalme!« Im selben Moment senkte er seine Stimme, denn er bemerkte Karen. Sie war schon direkt neben ihm. Er wich von dem Tresen zurück und konnte gerade noch zischen: »Lassen Sie es. Um Himmels willen, lassen Sie es!«

»Tut mir Leid, dass es so lange gedauert hat«, sagte Karen und zwinkerte ihm zu. »Hast dich die ganze Zeit in der Schmuckabteilung herumgetrieben, was?«

»Nein, nein«, wehrte Harry ab. »Ich bin nur zufällig in diese Gegend geraten.«

Karen lachte und winkte ab. »Keine Panik. So hoch sind meine Erwartungen nicht – nach dreizehn Jahren Ehe mit Mr. Aber-Halstücher-mochtest-du-doch-immer-sehr-gern.«

Harry lächelte verkrampft. Karen hakte sich bei ihm ein, als sie das Kaufhaus verließen.

»Das war haarscharf«, murmelte Rufus, der ihnen nachblickte. Er drehte sich um und verschwand unauffällig. Er war ein Schutzengel.

Unterdessen hatten Harry und Karen bereits die belebte weihnachtliche Geschäftsstraße erreicht. Ganz in ihrer Nähe schob sich Jamie durch das Gedränge. Er war gerade aus Frankreich zurückgekehrt. Sein Blick glitt suchend an den Hausfassaden entlang, bis er die Adresse fand, nach der er Ausschau gehalten hatte. Es war ein ziemlich heruntergekommenes Haus, und auf dem Schild rechts neben dem Eingang stand:

BEDFORD SCHOOL OF LANGUAGES – Sprachenschule Bedford.

Jamie öffnete die Tür. Beim Eintreten machte er höflich einem Weihnachtsmann Platz, der gerade herauskam.

Nach den Außenaufnahmen war das Filmteam ins Studio zurückgekehrt. Die nächste Szene mit Judy und John als Doubles wurde wieder in der modern eingerichteten Wohnung gedreht.

Diesmal befand sich ein graues Ledersofa im Zentrum des Geschehens.

»Und die Endposition bitte!«, rief der Regisseur.

Judy hockte auf allen vieren auf dem Sofa, John stand aufrecht hinter ihr. Der Kameramann wartete nur einen Schritt von beiden entfernt auf seinen Einsatz.

»Ich kriege langsam Panik wegen Weihnachten«, sagte Judy zu John. »Mögen Kinder eigentlich immer noch Noddy? Das ist dieser kleine Hund, der nickt und mit dem Schwanz wedelt.«

»Klar mögen sie den noch. Ich bin ganz vernarrt in meinen sechsjährigen Neffen. Was hältst du denn von einem Schaukelpferd?«

»Ich frage mich, wie du jetzt darauf kommst«, erwiderte sie todernst.

Er lachte, und sie konnte nicht anders, als mit einzustimmen. Gemeinsam steigerten sie sich in ein schallendes Gelächter, das nach einem Moment in ein Kichern überging.

Der Regisseur beugte sich zu Tony und flüsterte ihm etwas ins Ohr.

»Nun aber Schluss, Leute!«, rief Tony dem Double-Paar zu. »Reißt euch zusammen. Konzentriert euch. Wir sind fast schon über der Zeit.«

»Tut mir Leid«, sagte Judy.

Gekonnt machten sie sich wieder daran, leidenschaftlichen Sex vorzutäuschen.

»Hör mal, Judy«, sagte John, ohne seine Bewegungen zu unterbrechen. »Du würdest dir nicht vielleicht vorstellen können …?«

»Was?«, entgegnete sie, als er zögerte.

»Okay, das wär's!«, unterbrach Tony die beiden. Er klatschte in die Hände. »Die Doubles ziehen sich an. Alle anderen machen sich fertig für die Schauspieler!«

»Was wolltest du sagen?«, fragte Judy, als sie gemeinsam mit ihrem Filmpartner zur Garderobe ging.

»Ach nichts«, antwortete er verschämt. »Gar nichts.«

Leuchtstoffröhren erhellten den Klassenraum. Die Schultische waren zu Boxen abgeteilt, in denen sich Tonband-Anlagen befanden. Die Schüler – alle im Erwachsenenalter – hatten sich große Kopfhörer übergestülpt und lauschten dem Gesprochenen, sprachen es nach, machten sich Notizen.

Die meisten Kursus-Teilnehmer im Sprachlabor waren Ausländer, die Englisch lernten. Langsames, pedantisch ausgesprochenes Englisch quäkte aus ihren Kopfhörern.

Am fleißigsten von allen machte sich Jamie Notizen. Die Stimme in seinen Kopfhörern sprach Portugiesisch – ebenfalls sehr langsam und überdeutlich.

»Haben Sie diese Speisekarte auf Englisch? Ach, du liebe Güte, ich habe Magenschmerzen. Ich glaube, das kommt von den Garnelen.«

Mark genoss seinen Feierabend zu Hause. Er hatte es sich im Wohnzimmer gemütlich gemacht und den Fernseher eingeschaltet. Als es an der Haustür klingelte, stemmte er sich widerstrebend aus dem Sessel und lief hinunter ins Erdgeschoss.

Juliet stand draußen. Ihrer Tragetasche nach war sie gerade bei Starbucks gewesen.

»Möchtest du einen Banofee Pie?«, fragte sie zur Begrüßung.

»Nein, danke«, lehnte Mark ab. Er hatte das schottische Bananen-Karamell-Gebäck noch nie gemocht. Auch die Starbucks-Variante war nicht das Ding, das seine Geschmacksnerven in Erwartungshaltung versetzt hätte.

»Gott sei Dank«, sagte Juliet erleichtert. »Ich kaufe mir jeden Samstag einen. Nur einen, niemals zwei. Ich wäre zusammengebrochen, wenn du Ja gesagt hättest.«

»Na, dann freu dich, du Glückliche.« Mark grinste spöttisch.

»Kann ich reinkommen?«, fragte sie übergangslos.

Er zögerte. »Ja, also … äh … eigentlich habe ich ziemlich viel zu tun, aber …« Er hob die Schultern. Dann gab er seinen Widerstand auf und machte eine einladende Handbewegung.

Sie gingen die Treppe hinauf. Im Fernseher lief noch das Samstagmorgen-Programm für Kinder. Mark schaltete den Apparat rasch aus. Er bot Juliet einen der Sessel an und setzte sich ihr gegenüber. Sie stellte die Tragetasche neben ihren Platz.

»Ich bin gerade vorbeigekommen«, sagte sie. »Da dachte ich, wir könnten vielleicht mal kurz deine Videoaufnahmen checken. Ich hab mir überlegt, wenn ich dir den Banofee Pie zum Tausch anbiete … oder …«, sie zog eine kleine Packung aus der Jackentasche, »Weingummis.«

»Also, eigentlich hab ich's ernst gemeint«, entgegnete Mark. »Ich weiß nicht, wo die Kassette ist. Ich müsste später, heute Abend, mal alles absuchen. Vielleicht finde ich sie dann und …«

»Mark«, unterbrach ihn Juliet ernst. »Darf ich dir mal was sagen?«

»Ja«, brummte er, wenig interessiert.

»Ich weiß, dass Peter dein bester Freund ist. Und ich weiß auch, dass du dich für mich nie sonderlich erwärmen konntest.« Als er widersprechen wollte, hob sie abwehrend die Hand. »Nein, kein Gegenargument. Wir haben uns nie … angefreundet. Deshalb möchte ich nur sagen, ich hoffe, dass sich das ändert. Ich bin ganz nett.» Sie lachte. »Ja, das bin ich wirklich. Abgesehen von meinem schlechten Geschmack, was Schuhe angeht. Es wäre wirklich gut, wenn wir Freunde werden könnten.«

»Ja, unbedingt, unbedingt«, antwortete Mark, immer noch ein wenig kühl.

Juliet nahm den Banofee Pie aus der Tragetasche, wickelte ihn aus und biss herzhaft ab.

»Na großartig«, sagte sie, ohne zu verbergen, dass sie gekränkt war. Doch sie gab sich einen Ruck, stand auf und ging zu dem Regal mit den Videokassetten. Mark konnte sie nun mal nicht leiden, und so schnell würde er nicht in der Lage sein, in dem Punkt über seinen Schatten zu springen.

»Das heißt aber nicht, dass wir das Video finden werden«, sagte er. »Ich habe wirklich gründlich gesucht, nachdem du das erste Mal angerufen hattest. Aber es gibt buchstäblich keine Spur davon.«

Juliet hatte begonnen, die Rücken der Kassettenhüllen zu studieren. »Hier ist eine, auf der steht ›Juliet und Peters Hochzeit‹. Könnte es sein, dass wir da auf der richtigen Fährte sind?«

»Äh ... ja ...«, stotterte Mark. Dann spielte er den Überraschten: »Wow, ja! Das könnte sie sein!«

»Prima. Ich esse dies eben auf, und dann ...« Sie stopfte sich den Banofee-Rest in den Mund. »Macht es dir was aus, wenn ich einfach ...?« Sie sprach auch diesen Satz nicht zu Ende, sondern ging auf den Videorecorder zu, der im Fach unter dem Fernseher stand.

Mark stand auf, zögerte aber noch, einzugreifen. »Ich sagte doch, ich habe wahrscheinlich alles überspielt«, versuchte er Juliet aufzuhalten. »Auf beinahe allen Kassetten sind jetzt Episoden von West Wing. Also, ich weiß wirklich nicht ...« Er hielt inne, denn es war zu spät.

Die Videokassette erzeugte schnalzende und klickende Geräusche, als Juliet sie in den Recorder schob. Sie schaltete den Fernseher ein; die Wiedergabe der Kassette startete automatisch. Juliet nahm die Fernbedienung, ging rückwärts und ließ sich wieder in den Sessel sinken.

Schnee und Streifen auf dem Bildschirm begannen zu zappeln und formten schließlich ein klares, gestochen scharfes Bild.

Es zeigte Juliet, wie sie den Mittelgang des Kirchenschiffs entlang auf den Altar zuging.

»Bingo!«, rief sie. »Das ist ja wunderbar! Das hast du toll hingekriegt!«

Die nächste Einstellung zeigte erneut Juliet, diesmal bei der Trauungszeremonie mit dem Priester.

»Das ist ja wundervoll!«, schwärmte sie und legte geradezu andächtig die Handflächen aneinander. »Mark, das ist genau das, worauf ich gehofft hatte. Du glaubst ja gar nicht, wie dankbar ich dir bin!«

Er lächelte mühsam, als wollte er sagen: ›Ich freue mich, dass ich dir helfen konnte‹, doch er blieb stehen und schwieg.

Auf dem Bildschirm folgten Bilder, die er vor der Kirche gedreht hatte, unmittelbar nach der Trauung. Es waren ausnahmslos Nahaufnahmen von Juliet.

»Du bist ziemlich nah drangeblieben«, sagte sie, und ein beginnendes Staunen war aus ihrer Stimme zu hören. Sie drehte sich um und sah Mark an.

Er hatte sich die Hand vors Gesicht gelegt, als wagte er kaum noch hinzusehen. Nur seine Augenpartie war frei, und er erwiderte Juliets Blick.

Nach einem Schnitt folgte auf dem Band Peters Ansprache als frisch gebackener Ehemann. Doch die Kameraeinstellung wechselte sofort zu Juliet und zeigte ihr göttliches Lachen und ihr errötendes Gesicht – nichts anderes. Auf dem ganzen Video war praktisch niemand außer ihr zu sehen.

So war es auch bei den Tänzen im Festsaal. Mark hatte immer nur Juliets Gesicht gefilmt; nur gelegentlich wippte Peters Nasenspitze ins Bild. Dann, am Ende des langen festlichen Tages, war Juliet in Straßenkleidung zu sehen, wie sie winkte – zum Abschied winkte. Mit dem Aufbruch in die Flitterwochen endete die Kassette. Der Bildschirm flimmerte weiß. Er erlosch, als Juliet auf die Aus-Taste drückte.

Sie drehte sich um und sah Mark an. In ihren Augen lag ungläubiges Erstaunen – so, als würde sie ihn völlig neu kennen lernen.

»Das sind alles nur Aufnahmen von mir«, hauchte sie.

»Ja«, erwiderte er. »Ja, das stimmt.«

Lange konnte sie ihn nur ansehen, ehe sie wieder Worte fand. »Aber du redest nie mit mir. Du redest immer nur mit Peter. Ich denke, du kannst mich nicht leiden.«

Wieder entstand eine Pause. Mark beschloss, dass er nicht darauf eingehen konnte, unter gar keinen Umständen.

»Ich hoffe, du kannst was damit anfangen.« Er wies auf den Videorecorder. »Aber bitte zeig es nicht zu viel herum.« Er blickte auf seine Armbanduhr. »Hör mal, ich muss mir jetzt was zum Lunch besorgen. Du findest selbst raus, okay?« Er ging zur Tür. Auf der Schwelle drehte er sich noch einmal um. »Weißt du, es ist eine Frage des Selbstschutzes. Verstehst du?«

Draußen wandte Mark sich nach rechts und schritt zielstrebig den Bürgersteig entlang. Doch nach sieben Schritten wurde er langsamer, zögerte, drehte sich um. Er machte zwei Schritte zurück in Richtung auf sein Haus, dann drehte er sich erneut um und setzte den ursprünglich eingeschlagenen Weg fort.

Er begegnete einem traurig aussehenden Jungen in Schuluniform. Der Junge war Sam; er blieb vor einem Musikgeschäft stehen. Im Schaufenster lief ein Videoclip.

Der Clip zeigte Billy Mann, wie er sang. Seine weiblichen

Fans wiegten sich im Takt. Alle waren sexy gekleidet als Helferinnen des Weihnachtsmanns. Sie schwenkten brennende Feuerzeuge und kreischten vor Begeisterung über Billy.

Eine Idee durchzuckte Sam.

Er wirbelte herum und rannte los.

Daniel hob erstaunt den Kopf, als die Tür seines Büros aufflog. Sam stürmte herein. Er trug noch seine Schuluniform.

»Ich habe einen Plan!«, rief er aufgeregt.

»Gott sei Dank«, sagte Daniel und atmete auf.

Sam lehnte sich an die Schreibtischkante und beugte sich zu seinem Stiefvater vor. »Mädchen lieben Musiker, stimmt's? Selbst die Kerle, die total bescheuert aussehen, kriegen weibliche Fans.«

»Das ist richtig«, stimmte ihm Daniel zu. »Lionel Ritchie hat noch nie eine Nacht allein verbracht.«

»Wie auch immer«, fuhr Sam fort, unvermindert aufgeregt. »Am Ende des Schuljahrs findet ein großes Konzert statt, und sie macht dabei mit. Und ich dachte, wenn ich vielleicht in der Band mitspiele, und zwar absolut super, dann gäb's vielleicht eine Chance, dass sie sich doch noch in mich verliebt. Was hältst du davon?«

»Ich finde, es ist eine brillante Idee«, erwiderte Daniel beeindruckt. »Ich würde sogar sagen, die Idee ist galaktisch. Bis auf diese klitzekleine Kleinigkeit, die eigentlich nicht mehr ist als ein Baby-Schluckauf.«

»Dass ich kein Musikinstrument spiele«, folgerte Sam.

»Exakt.«

Sam machte eine wegwerfende Handbewegung. »Ein kleines, unbedeutendes Detail. Warte ab, was sich in diesen Räumen abspielen wird, Mr. Fantasielos.«

Daniel sollte sich noch oft an diese Worte seines Sohnes erinnern, häufiger als ihm lieb war. Tag für Tag, meist bis spät in die Nacht, erfüllten neue Geräusche das Haus. Ihr Ursprung war in Sams Zimmer zu finden, und die Fülle der Sounds reichte vom tiefen Wummern der Bass Drum bis zum hellen Schwingen der Becken. Dazwischen lagen die anderen Trommeln, wobei die Snare manchmal wie ein Maschinengewehr hämmerte.

Sam vertiefte sich geradezu besessen in seine neue Leidenschaft, das Schlagzeugspielen. Daniel verfolgte seine Fortschritte oft noch spätabends, wenn er schon im Pyjama an der Tür seines Sohnes vorbeikam.

Unterdessen schritten auch die Weihnachtsvorbereitungen in der Stadt voran. Immer mehr Weihnachtsbäume wurden aufgestellt – in den Wohnungen, in Schaufenstern, im Fenster von Downing Street Number Ten und am Trafalgar Square.

Im Fairtrade Office stellte Sarah einen kleinen Weihnachtsbaum auf ihren Schreibtisch und schmückte ihn mit winzigen Kerzen.

Weihnachten in Wisconsin

In der Ankunftshalle des Flughafens von Madison, Wisconsin, herrschte Hochbetrieb. Als Colin Frissell seinen Koffer vom Band geholt hatte und in das fast unüberschaubare Menschengewimmel der Halle vordrang, wurde dort gerade ein riesiger Weihnachtsbaum aufgestellt. Über die Lautsprecher des gesamten Airports lief ein Radioprogramm.

»Und es ist die Woche vor Weihnachten, hier auf Radio KWNS Wisconsin!«, tönte die Baritonstimme des Moderators in alle Winkel des Flughafengebäudes. »Und hier ist ein Titel für die alten Leute – einer, der in den Charts im alten England ganz nach oben schießt, wie es aussieht. Ist das nicht idyllisch? Nun, es ist der gute alte Billy Mann – vom Heroin zum Helden …«

Billys Song im Ohr, verließ Colin die Halle und stieg gleich vor dem Portal in ein Taxi.

»Bringen Sie mich zu einer Bar«, bat Colin den Fahrer.

»Was für eine Sorte Bar soll's denn sein?«, entgegnete der Mann am Lenkrad.

»Irgendeine«, antwortete Colin. »Einfach eure durchschnittliche Bar hier in Amerika.«

»Also nichts, was zu hochklassig wäre.«

»Nein, einfach irgendeine alte Bar – irgendwo.«

»Sind Sie aus England?« Der Fahrer musterte Colin im Innenspiegel.

»Ja. Aber werden Sie jetzt nicht frech.«

Der Fahrer grinste und fuhr los, ohne etwas zu erwidern. Die Stadtlandschaft von Madison war eine einzige Weihnachtsbeleuchtung. Selbst die Privathäuser wetteiferten untereinander um die gewaltigste Lichterbekränzung. Bei manchen Bungalows sah man vor lauter grell glühenden Ketten, Schnörkeln und Figuren den Bungalow nicht mehr.

Hinzu kamen illuminierte Weihnachtsmänner auf den Rasenflächen der Vorgärten, Rudolph das rotnasige Rentier auf den Dächern und beleuchtete Spruchbänder mit »Seasons Greetings«, wohin man auch schaute.

Die Bar, vor der der Taxifahrer schließlich anhielt, war so gewöhnlich, wie Colin es sich gewünscht hatte.

»Ausgezeichnet«, sagte er, bedankte sich und gab ein großzügiges Trinkgeld.

Der Fahrer trug Koffer und Handgepäck für ihn hinein. Drinnen sah es aus wie in all den amerikanischen Road Movies, die Colin in seinem Leben gesehen hatte. Eine elend lange Theke, davor plastikbezogene Polster-Barhocker, dann die Tische in den Sitzbuchten. Letztere waren tatsächlich so eng, dass man sich beim Hineinsetzen wie ein Taschenmesser zusammenklappen musste.

Colin schwang sich auf einen Barhocker gleich vorn beim Eingang.

»Kann ich Ihnen helfen?«, fragte der Barkeeper.

»Ja«, antwortete Colin. »Ich hätte gern ein Budweiser. Vielen Dank.«

»Ein Bud – schon unterwegs«, dienerte der Keeper.

Eine weibliche Stimme kam plötzlich aus dem Nichts.

»Sind Sie aus England?«

Er schwang auf dem Barhocker herum – und ein Sechser im Lotto war nichts gegen das Glücksgefühl, das ihn überfiel.

In der Sitzbucht ganz in der Ecke erblickte er die unglaublichste, schönste blonde Traumfrau seines Lebens. Sie sah haargenau so aus wie sein weiblicher amerikanischer Lieblings-Filmstar.

»Ja«, antwortete er heiser. »Ich komme aus … Basildon.«

»Cool«, erwiderte sie begeistert und rief: »Jeannie!«

Aus dem Schatten hinter der Sitzecke erschien ihre beste Freundin – eine weitere Traumfrau, dunkelhaarig diesmal. Und sie sah haargenau so aus wie Colins zweitliebster weiblicher amerikanischer Filmstar.

»Das ist …«, begann Filmstar Nummer eins.

»Colin«, stellte er sich rasch vor. »Colin Frissell.«

»Das ist Colin«, erklärte die Nummer eins.

»Cooler Name«, sagte die Dunkelhaarige anerkennend. »Ich bin Jeannie.«

»Er ist aus England«, erläuterte ihrer blonde Freundin weiter.

»Stimmt«, bestätigte Colin.

»Warte, bis Carol Anne hier ist«, entgegnete Jeannie. »Sie ist ganz verrückt nach englischen Jungs.«

Wie aufs Stichwort öffnete sich die Tür, und eine dritte Traumfrau trat ein. Sie war brünett und ebenso atemberaubend schön wie die beiden anderen.

»Hey, Carol Anne!«, rief die blonde Traumfrau. »Das hier ist Colin. Er ist aus England.«

»Macht Platz, Mädchen!«, antwortete Carol Anne freudig lärmend. »Ich bin an der Reihe!« Während ihre Freundinnen sich von links dem Barhocker mit ihrer englischen Entdeckung näherten, kam Carol Anne von rechts und gurrte: »Hallo, mein schöner Jüngling!«

In Colins Gesicht lag ein irrwitziges breites Grinsen, als die drei Traumfrauen ihn umlagerten. Jemand bediente die Musikbox, und ein fröhliches Weihnachtslied ertönte.

Harry sah abgehetzt aus, als er ins Haus stürzte. Karen half ihm aus dem Mantel.

»Kannst du mir mal erklären, warum du schon wieder so spät kommst?«, fragte sie vorwurfsvoll.

»Um Himmels willen, Frau!« Er zwinkerte. »Darf ein Mann denn überhaupt keine Geheimnisse haben?«

Karen ging nicht darauf ein. »Also, beeil dich bitte. Wir warten schon seit Stunden. Es ist die allererste Vorschau.«

Harry eilte voraus, ins Wohnzimmer, während sie seinen Mantel aufhängte. In einer der Taschen fühlte sie etwas Kantiges und nahm es heraus. Es war eine kleine Schachtel. Karen konnte nicht widerstehen, sie musste die Schachtel einfach öffnen. Sie lächelte gerührt, als sie ein zierlich gearbeitetes Halsband mit einem goldenen Herzen auf dunklem Samt sah. Rasch schloss sie die Schachtel wieder und steckte sie zurück in die Manteltasche.

Sie lief ins Wohnzimmer, wo ein Hummer und ein Engel auf ihren Einsatz warteten. Der Hummer trug unter seinen Scheren, dem fühlerbewehrten Kopf und dem Krustenpanzer einen pinkfarbenen Bodysuit. Der Engel sah mürrisch aus in seinem wallenden weißen Gewand, mit den großen, flauschigen Flügeln auf dem Rücken.

Harry hatte sich erwartungsvoll in seinen Sessel versenkt und die Hände über der Gürtelschnalle gefaltet.

»Also, jetzt geht's los«, sagte Karen, nahm das Textbuch auf und las den Einstiegstext. »Es war eine stürmische Nacht im alten Jerusalem, als sich ein großer pinkfarbener Hummer einer Herberge näherte …«

Weihnachtsstimmung herrschte einfach überall, selbst in der rumpelnden alten Londoner U-Bahn. Jamie hielt es nicht mehr auf seinem Platz, als er eine Gruppe von Leuten einsteigen sah, aus deren Walkmans blecherne Weihnachtsmusik plärrte. Es waren drei Typen in Kapuzen-Sweatshirts. Sie tanzten zu den Rhythmen aus den Kopfhörern, und sie waren so ausgelassen dabei, als würde die U-Bahn durch Lissabon oder Rio de Janeiro fahren und nicht durch das nasskalte London.

Jamie, ebenfalls mit einem Walkman ausgestattet, reihte sich bei den Tanzenden ein, und während sie mitsangen, was sie hörten, rief er laut, was die Disk in seinem Walkman ihm vorgab:

»Boa noite. Boa Noite! – Gute Nacht auf Portugiesisch.«

Vor seinem Platz auf der Sitzbank stapelten sich bunt verpackte Weihnachtsgeschenke.

Für den einsamen Mann im Haus Number Ten an der Downing Street war es das Ende eines langen Tages. Der Premierminister sah müde und abgespannt aus, als er durch die leeren Korridore des Gebäudes wanderte.

Alles war weihnachtlich geschmückt – für niemanden. Er war ein allein stehender Mann in einem großen Haus, und genau so fühlte er sich. Er stieg eine Treppenflucht hinauf, und seine Schritte hallten durch einen weiteren Korridor.

Schließlich fand er Zuflucht vor einem Fernseher, auf einem Sofa, in der Ecke eines viel zu großen Zimmers. Er sortierte die Akten und Papiere, die auf dem Tisch lagen, und schaltete den Fernsehapparat ein.

Billy Mann war zu Gast in der Parkinson-Show.

»Dies muss ein aufregender Moment für dich sein«, sagte Michael Parkinson, der vom Fernsehpublikum liebevoll »Parky« genannt wurde. »Tolle Sache, um den ersten Platz in den Weihnachts-Charts zu kämpfen, was? Wie läuft's denn bis jetzt?«

»Sehr schlecht«, gestand Billy. »Westlife überbietet mich

fünf zu eins. Aber ich hoffe darauf, in letzter Minute noch mal richtig Aufwind zu kriegen. Und wenn es mir tatsächlich gelingt, die Spitze zu erreichen, dann verspreche ich hiermit feierlich, dass ich das Lied splitternackt im Heiligabend-Fernsehprogramm singen werde.«

»Meinst du das ernst?« Parky sah ihn an und blinzelte.

»Natürlich meine ich das«, erwiderte Billy und grinste anzüglich. »Du willst wohl eine Kostprobe, du alter Flirtbolzen, was?« Er fing an, seine Hose aufzuknöpfen.

Parky lachte laut.

Auch der Premierminister lachte vor seinem Fernseher.

Judy und John taten ihren Job in einem eleganten kleinen Badezimmer, das zum Filmstudio gehörte wie alle anderen Innenräume, in denen sie vorher an den Dreharbeiten beteiligt gewesen waren.

Diesmal imitierten sie Oralverkehr. Ein Beleuchter brachte unmittelbar neben Judy, die vor John kniete, eine zusätzliche Filmleuchte an.

»Ausgezeichnet«, sagte Tony. »Perfekt. Lass es so.«

»Hör mal«, sagte John zu Judy. »Tut mir Leid, wenn ich ein bisschen aufdringlich bin. Aber hättest du Lust auf einen Weihnachts-Drink? Ich meine – ohne Hintergedanken und so. Vielleicht könnten wir uns was Weihnachtliches ansehen – oder was anderes. Ich meine, du musst wirklich nicht, wenn du nicht willst.«

»Doch«, antwortete Judy, »das wäre wunderbar.«

»Großartig«, freute sich John.

Nachdem Tony ihnen die Anweisung für die nächste Szene gegeben hatte, saß Judy auf Johns Gesicht.

»Das ist wirklich großartig«, fuhr John fort. »Normalerweise bin ich sehr schüchtern, was solche Dinge betrifft. Ich brauche immer eine Ewigkeit, bis ich den Mut aufbringe. Deshalb danke ich dir. Es ist wirklich – großartig.«

»Nicht doch«, erwiderte Judy. »Ich danke dir, dass du mich gefragt hast. Ich bin auch ziemlich schüchtern. Wenn ein Kerl bei mir nicht den ersten Schritt macht, dann wird der Schritt nie gemacht.«

»Ich weiß, was du meinst«, sagte John, aus Erfahrung sprechend.

»Und jetzt«, rief Tony, »lehn dich bitte zurück für den Orgasmus, Judy!«

Es war später Abend in Colins Bar in Madison, Wisconsin, USA. In der Musikbox lief wieder ein Weihnachtslied. Die drei weiblichen Filmstar-Doubles umringten ihren Engländer, hingen an seinen starken Schultern und herzten ihn.

»Tja«, seufzte Colin. »Es ist ganz schön spät. Ich denke, ich werde wohl besser mal gehen.«

»Schande«, sagte Carol Anne. »Wo wohnst du denn?«

»Äh, weiß ich im Grunde noch gar nicht. Ich nehme mal an, ich checke in einem Motel ein – wie in den Filmen.«

»Oh, das ist ja so cool!«, rief die blonde Traumfrau voll inbrünstiger Begeisterung.

»Hör mal«, sagte Jeannie. »Ich weiß, das klingt jetzt ein bisschen aufdringlich, und wir haben uns ja gerade erst kennen gelernt, aber willst du nicht mitkommen und bei uns zu Hause schlafen?«

»Äh, ja, nun, ich meine …«, stotterte Colin. »Wisst ihr, wenn das nicht zu viele Umstände macht …«

»Himmel, nein!« Carol Anne sandte einen Blick nach oben. »Es wäre ein Vergnügen für uns. Das einzige Problem ist …«

»Ja?«, fragte Colin, als sie nicht weitersprach.

»Nun …« Carol Anne zögerte noch immer.

Die blonde Traumfrau lieferte die Erklärung, indem sie sich einen sichtlichen Ruck gab. »Das Problem ist, dass wir nicht gerade die reichsten Mädchen sind. Es gibt also nur ein kleines Doppelbett und keine Couch. Du müsstest das also irgendwie mit uns dreien teilen.«

»Und in dieser heißen, heißen Nacht«, fügte Carol Anne hinzu, »könnte es daher ziemlich eng und verschwitzt und so werden.«

»Oh, das würde mir überhaupt nichts ausmachen«, erwiderte Colin und hörte sein Herz bis zum Hals hämmern.

»Und ...«, sagte Carol Anne.

»Und was?« Colin sah sie fragend an.

»Nun, die Sache, die das Ganze noch ein bisschen komplizierter macht, ist die: Du hast Harriet noch nicht kennen gelernt.«

»Es gibt eine Vierte?« Colins Augen wurden groß.

»Ja, aber du wirst sie mögen«, klärte Jeannie ihn auf. »Sie ist die Hübsche.« Jeannie machte mit ihren Zeigefingern Anführungszeichen dazu.

»Wow! Wirklich?«, rief Colin. »Gepriesen sei der Herr!«

Der Premierminister war in dem großen Zimmer noch immer mit seinem Papierkrieg beschäftigt. Mittlerweile trug er einen Hausmantel, doch er fühlte sich dadurch kein bisschen behaglicher. Seine Stimmung ließ sich einfach nicht aufhellen.

Er stieß auf ein Bündel Weihnachtskarten. Missmutig nahm er es zur Hand. Seine Sekretärin hatte eine grüne Haftnotiz darauf geklebt. »Lesen Sie die – eine Zufalls-Auswahl«, lautete ihr Hinweis mit rotem Filzstift.

David überlegte, ob er die Empfehlung befolgen sollte. Doch er entschied sich dagegen, legte das Kartenbündel weg und arbeitete weiter.

Karen trug bereits ihren Hausmantel, als sie ein weiteres Geschenk unter den Weihnachtsbaum im Wohnzimmer legte. Ihr fiel ein quadratisches Päckchen auf. Es war in goldenes Geschenkpapier eingewickelt. Karen lächelte, und ein Gefühl tiefer Wärme und Zufriedenheit erfüllte sie.

Das goldene Päckchen schimmerte wie der heilige Gral.

Eine Karte hing daran. Karen öffnete sie und erkannte die vertraute Handschrift ihres Ehemanns.

»Tut mir Leid, ich bin so ein mürrischer Mistkerl. Frohe Weihnachten, Darling. Dein böser Harry.«

Die nun verpackte Schachtel hatte genau die gleiche Größe wie jene mit der Halskette, die sie in seiner Manteltasche entdeckt hatte. Karen legte sich das golden schimmernde Päckchen an die Brust und schloss die Augen. Selten oder nie hatte sie sich so sehr auf Weihnachten gefreut wie in diesem Augenblick.

Im Haus von Jamies Eltern herrschte gespannte Erwartung. Insgesamt acht Familienmitglieder waren versammelt. Als die Tür endlich geöffnet wurde, kehrte schlagartig Stille ein.

Der Eintretende war über und über mit Geschenkpaketen bedeckt. Vor lauter Geschenken war von ihm buchstäblich nichts zu sehen.

»Seht doch!«, rief Jamies Schwester ihren Kindern zu. »Es ist Onkel Jamie!«

Mit Freudengeschrei stürzten sie sich auf ihn. Die Pakete und Päckchen – es mussten Hunderte sein – fielen von ihm ab und ergossen sich nach allen Seiten über den Fußboden. Kinder und Erwachsene umarmten und küssten ihn. Es war ein Ansturm, unter dem er fast in die Knie ging.

Er lachte, schüttelte die Kleinen ab und erwiderte die Weihnachtswünsche seiner Eltern und seiner Geschwister.

»Toll! Fantastisch!«, rief er. »Es ist wunderbar, euch alle wiederzusehen. Aber leider ... muss ich sofort wieder weg.«

Alle starrten ihn an, als hätte ein Geist gesprochen.

»Wie bitte?«, hauchte seine Mutter.

»Sorry«, sagte er. »Aber ein Mann muss tun, was er tun muss.« Mit diesen Worten drehte er sich um und eilte hinaus.

Sarah verbrachte auch diesen Abend bei ihrem Bruder auf der Station. Wieder saßen sie sich gegenüber, umgeben von der kahlen Nüchternheit des Zimmers.

»Erinnerst du dich an Dad und den Christmas Pudding?«, fragte Sarah.

»Nein«, antwortete Michael.

»Mom schnitt ihn jedes Jahr zu Weihnachten an und servierte ihn, wie es sich gehörte. Und jedes Mal sagte sie, es sei eine großartige englische Tradition. Aber kein einziges Mal hat Dad auch nur einen einzigen Bissen davon gegessen.«

Michael sah seine Schwester an und schwieg. Sein bleiches Gesicht war ausdruckslos. Erst nach einer Weile erwiderte er etwas. »Es war immer das einzige Mal im Jahr, wo du den Tisch sauber gemacht hast. Weil nämlich die Weihnachtssendung von *Top of the Pops* lief. Die konntest du dir dann in der Küche ansehen.«

»Das stimmt«, sagte Sarah und lachte. »Ich konnte gar nicht genug kriegen vom Abwaschen. Abwaschen – meine Lieblingsbeschäftigung für eine Mahlzeit im Jahr.«

Michaels Gesicht war wie aus Stein gemeißelt, als er sie ansah. Dann, unvermittelt, formte sich ein kleines Lächeln in seinen Mundwinkeln.

»Mir fällt gerade ein«, fuhr Sarah fort, »Mom war eine miserable Köchin, nicht wahr?«

»Ja, war sie«, antwortete Michael. »Konservendosen waren

der Hit.« Er dachte nach, sah sie unverwandt an, und wieder entstand ein kleines Lächeln. »Wie geht es dir, Blondie?«, fragte er leise.

»Bestens«, antwortete Sarah. »Alles ist bestens.«

Er nickte. »Ich bin in der Hölle.«

»Ich weiß, dass du es bist«, sagte Sarah und ergriff seine Hand. »Ich weiß, dass du es bist, mein Schätzchen.«

In Marks Wohnung lief der Fernseher noch am späten Abend. *White Christmas* wurde gezeigt, und Mark hatte sich den Film fast bis zum Ende angesehen. Die Hauptdarsteller, alle in weihnachtliches Rot-Weiß gekleidet, sangen den Titelsong, und im Hintergrund fiel echter Schnee. Rosemary Clooney öffnete ihr Geschenk unter einem großen Weihnachtsbaum, und Bing Crosby schaute ihr zu – lächelnd unter seinem Weihnachtshut.

Mark machte den Fernseher aus. »Das reicht«, murmelte er und schaltete die Stereoanlage ein.

In einer anderen Londoner Wohnung, zu selben Zeit, hastete Jamie hin und her, um die wenigen Sachen einzustecken, die er brauchte. Er warf einen Mantel über, schnappte sich die kleine Reisetasche und lief aus dem Haus.

Auf der Straße angekommen, hatte er Glück, im Handumdrehen ein Taxi zu finden. Aufatmend warf er sich in den Fond des schwarzen Autos und sagte:

»Heathrow Airport bitte.«

In dem bonbonfarben eingerichteten Jungmädchen-Zimmer einer amerikanischen Wohnung lief leise, schwülstige Musik. Colin lag auf dem Bett, die Arme hinter dem Kopf verschränkt, und war noch immer nicht ganz sicher, ob er einen Traum oder die pure Wirklichkeit erlebte.

Vor dem vom Mondlicht erhellten Fenster war der Schattenriss einer Frau zu sehen, die ein viel zu enges T-Shirt auszog. Zwei weitere Frauen, am Fußende des Bettes, zogen sich ebenfalls aus. Allein ihre nackten Silhouetten waren Schwindel erregend schön.

Colin schloss die Augen und öffnete sie wieder. Er kniff sich in den Oberschenkel, dass es schmerzte. In beiden Fällen blieb das Bild, das er sah. Verdammt, es war die Wirklichkeit!

Noch bevor er die Erkenntnis weiter verarbeiten konnte, war das Geräusch der Haustür zu hören, wie sie aufgeschlossen wurde. Schritte kamen die Treppe herauf, und dann wurde auch schon die Zimmertür geöffnet.

Die Frau, die hereinkam, hatte schulterlanges lockiges Haar. Der Beschreibung nach war es Harriet.

»Hi, Girls!«, rief sie. »Ich bin zu Hause!«

Daniel und Sam hatten es sich im Wohnzimmer gemütlich gemacht. Die dramatisch romantische Schlussszene des Films *Ein Offizier und Gentleman* lief. Er nahm die geliebte Frau auf die Arme und trug sie aus der Fabrikhalle ins Freie, begleitet von der Melodie »Up Where We Belong«.

»Das ist ziemlich genau das, was auch du tun solltest«, sagte Daniel. »Hat sie dich überhaupt schon zur Kenntnis genommen?«

»Nein«, antwortete Sam. »Aber du weißt doch, wie die romantischen Geschichten laufen. Sie kriegen sich immer erst am Ende.«

»Natürlich«, erwiderte Daniel.

»Übrigens«, sagte Sam mit ernster Miene. »Ich habe ein schlechtes Gewissen, dass ich dich noch nie gefragt habe, wie dein Liebesleben läuft.«

»Ha!«, rief Daniel. »Du kannst dir vorstellen, dass das eine längst abgeschlossene Sache ist. Es sei denn, Claudia Schiffer ruft an.« Er grinste spitzbübisch. »Wenn das passieren sollte, will ich, dass du auf der Stelle das Haus verlässt, du kleiner mutterloser Bastard.«

Um zehn Minuten vor sieben am nächsten Morgen lief unter den meisten Londoner Dächern das beliebte Programm von Radio One. Auch im Rest der Nation lauschten die Menschen der Ansage des Moderators aus der Hauptstadt.

»Und es ist ein regnerischer Heiligabend in London, liebe Hörer, und die große Frage ist: Wer wird Nummer eins? Wird es Westlife, oder wird es die völlig unerwartete Weihnachts-Sensation von Billy Mann? Nun, wir haben nur noch die beiden Top-Aufnahmen der Charts vor uns – und hier kommt die erste von den beiden. Es ist die Nummer zwei der diesjährigen Weihnachts-Hitparade ...« Nach einer langen, dramatischen Pause, verkündete er nach Art der Boxring-Ansager: »Es ist ... Westlife!«

Im rappelvollen Konferenzraum der Schallplattenfirma brach frenetischer Jubel aus. Alle Anwesenden drehten buchstäblich durch – brüllten, jubelten, tanzten, machten Luftsprünge und klatschten in die Hände.

»Wir sind die Champions!«, rief Joe Alstyne.

»Ich bin der Champion!«, überschrie ihn Billy Mann.

»Du bist der Champion!«, stimmte Joe ihm zu.

Eine Telefon schrillte, und es wurde still. Wie gebannt richteten sich alle Augenpaare auf Billy, der abnahm und sich meldete.

»Hallo, Billy!«, trompetete der Moderator von Radio One. »Wir sind live auf Sendung – im ganzen Land. Und Sie sind die Nummer eins. Wie fühlen Sie sich?«

»Nun ...« Billy zog das Wort lang und schürzte die Lippen, ehe er weitersprach. »Wie Sie wissen, bin ich ein großer Fan von Westlife. Der Gedanke daran, dass diese jungen Burschen nicht die Nummer eins geworden sind – tja, das bricht einem wirklich das Herz.«

»Und ihre wirkliche Reaktion, Billy?«

»Scheiß auf sie. Ich bin der King.«

Joe Alstyne machte einen Luftsprung und stieß die Faust empor. »Er ist der King!« Als er die tadelnden Blicke der anderen bemerkte, wich er verschämt zurück.

»Und wie werden Sie feiern?«, setzte der Moderator das Telefon-Interview fort.

»Ich weiß noch nicht«, antwortete Billy. »Entweder könnte ich mich benehmen wie ein alter Verlierer aus der Rock-and-Roll-Szene und mich zusammen mit meinem dicken Manager voll laufen lassen. Oder ich werde gleich, wenn ich aufgelegt habe, zu einer rauschenden Party nach der anderen eingeladen.«

»Dann hoffen wir, dass das Letztere der Fall sein wird. Und hier kommt sie – die Nummer eins von Billy Mann: ›Christmas is All Around‹!«

»O Jesus!«, stöhnte Billy. »Nicht schon wieder dieser Schrott!« Er legte auf und sah seinen Manager an. »Wie war ich?«

»Du bist der König der Könige!« Joe schlug die Hände zusammen. »Nicht Jesus – *du!*«

Gina tauchte aus dem Gedränge auf und lief auf die beiden Männer zu. »Bill!« Sie streckte ihm ein Handy entgegen. »Für dich!«

Er nahm es und meldete sich. »Ah, Elton!«, sagte er dann. »Natürlich. Klar. Selbstverständlich. Schick einen sehr großen Wagen, und ich werde da sein.« Er drückte die Trenn-Taste und blickte in die Runde. »Leute, ich sage euch, das wird ein ganz hervorragendes Weihnachtsfest.«

Joe, der in der großen Schar der vielen neuen Freunde noch ein bisschen verloren wirkte, grinste bis zu den Ohrläppchen.

Kurz nach sieben Uhr am Morgen dieses Heiligabends war der Premierminister immer noch allein mit seinen Akten in dem großen Zimmer von Downing Street Number Ten.

Zum hundertzwanzigsten Mal schichtete er die Berge von Schnellheftern und Ordnern um, und plötzlich stieß er wieder auf die gebündelten Weihnachtskarten mit der grünen Haftnotiz darauf. Er blickte zum Fenster, als er die Karten ohne sonderliches Interesse zu sich heranzog. Regen trommelte gegen die Scheiben. Es war ein trüber Tag.

Er öffnete das Bündel und las die ersten beiden Karten. Sie waren ausgesprochen langweilig. Bei der einen konnte er nicht mal die Unterschrift entziffern.

Karte Nummer drei traf ihn wie ein Blitz aus heiterem Himmel. Schlagartig saß er kerzengerade da. Der Name der Absenderin hätte nicht deutlicher sein können.

Natalie!

Wie gebannt las David ihre Zeilen.

»Sehr geehrter Herr Premierminister! Lieber David! Ich wünsche Ihnen Frohe Weihnachten und hoffe, dass Sie ein sehr glückliches neues Jahr haben werden. Die Sache, die geschehen ist, tut mir sehr Leid. Es war ein sehr unangenehmer Moment, und ich entschuldige mich dafür, und ich komme mir idiotisch vor. Vor allem deshalb, weil ich – wenn man es nicht zu Weihnachten sagen kann, wann kann man es dann sagen? – für immer die Ihre bin – in Liebe – und mit einem Kuss – Ihre Natalie.«

David legte die Karte auf den Tisch und blickte ins Nichts. Dann, mit einem Ruck, nahm er die Karte wieder auf und las sie noch einmal. Er legte sie erneut auf den Tisch, starrte erneut ins Nichts. Doch urplötzlich sprang er auf und rannte aus dem Zimmer.

Er lief den Korridor entlang, die Treppen hinunter, durch die menschenleere innere Lobby, bis hin zur vorderen Tür. Der Sicherheitsbeamte dort blickte ihm erstaunt entgegen.

»Ich brauche einen Wagen«, sagte David.

Keine drei Minuten später begleitete ihn der Wachmann mit einem Regenschirm hinaus. Vor dem weltberühmten Eingang stieg David in eine große schwarze Limousine. Dahinter kam ein Streifenwagen der Polizei mit kreisendem Blaulicht zum Stehen. Ein Leibwächter stieg zu David in den Fond.

»Bringen Sie mich nach Wandsworth«, wies David den Fahrer an. »In die Harris Street.«

Wie auf Samtpfoten glitt der schwere Wagen durch die Regennacht. Mit dem Streifenwagen im Gefolge rauschte er über die Battersea Bridge.

Auf der benachbarten Brücke kreuzte eine große weiße Limousine die Themse. Die Polizisten kannten den Luxusschlitten, wussten, dass er Elton John gehörte. Im Fond saß Billy Mann und trank Champagner.

Auf der nächsten Brücke war einer von ungezählten Londoner Toyotas unterwegs. Am Lenkrad saß der Eigentümer des Wagens – Mark Doherty.

In den meisten Häusern Londons war Weihnachten nun in vollem Umfang ausgebrochen – auch bei der Familie Trevor. Die Stunde der Bescherung war gekommen, und Karen und Harry hatten sich mit den Kindern vor dem Weihnachtsbaum versammelt.

Karen zwinkerte Harry zu. »Also …«, verkündete sie, an die Allgemeinheit gewandt. »Heute Abend gibt es für jeden nur ein Geschenk. Wer hat ein Geschenk für Daddy?«

»Nimm doch erst mal eins für dich«, schlug Harry vor.

»Ja, vielleicht tue ich das«, entgegnete Karen kleinmädchenhaft verschmitzt. »Ich denke, ich nehme … dieses.« Sie streckte die Hand nach dem golden umwickelten Päckchen aus, von dem sie wusste, dass es von Harry stammte. Lächelnd und mit freudig funkelnden Augen begann sie, es auszuwickeln.

»Leider habe ich dieses Jahr nicht mehr für dich«, sagte Harry bedauernd. »Ich hatte nicht sehr viel Zeit, einkaufen zu gehen.«

»Sicher nicht«, erwiderte Karen fröhlich. »Aber die wenige Zeit, die du hattest, hast du bestimmt gut genutzt.« Sie ließ das goldene Geschenkpapier sinken und öffnete langsam die Schachtel – wie im Begriff, ein wohlgehütetes Geheimnis zu lüften.

Unter dem Deckel kam eine CD zum Vorschein.

Eine CD von Joni Mitchell.

Nur mit Mühe wahrte Karen die Fassung. »Ah, ja!«, rief sie und befürchtete, dass ihre zitternde Stimme verraten würde, was sie empfand. Doch sie riss sich zusammen und brachte es sogar fertig, begeistert zu klingen. »Na, das ist eine Überraschung. Wow!«

»Ich dachte mir, das müsste deine Richtung sein«, sagte Harry stolz.

»O ja.« Karen nickte heftig. »Mein Gott, das ist großartig.«

»Meine kulturbeflissene Frau!«, bewunderte Harry sie.

»Ja, ja.« Sie lachte verlegen. »Wenn es euch nichts ausmacht, lasse ich euch mal einen Augenblick allein. Das viele Eis, wisst ihr. Darling, würdest du dich mal darum kümmern, dass mit den Kindern alles geordnet zugeht?«

Langsam und lächelnd verließ sie das Zimmer. Niemand bemerkte den Tränenfilm auf ihren Augen.

Der kleine Konvoi des Premierministers erreichte Wandsworth und bog in eine kurze Straße ein.

»Welche Nummer, Sir?«, fragte der Fahrer.

»Das ist eine gute Frage«, erwiderte David. »Ich habe keine Ahnung. Verdammt, verdammt. Ach, zum Teufel, halten Sie gleich hier an.«

Er stieg aus und klopfte an die Tür des Hauses Nummer eins, Harris Street. In fünf Metern Diskretionsabstand wartete der Leibwächter, der bei ihm im Wagen mitgefahren war. Eine alte Frau öffnete die Haustür.

»Guten Abend«, sagte David freundlich. »Wohnt Natalie hier?«

»Nein«, knurrte die alte Frau.

»Na, gut. Vielen Dank. Entschuldigen Sie die Störung.«

Die alte Lady musterte ihn stirnrunzelnd und misstrauisch. »Sind Sie nicht der Premierminister?«

»Nun ja«, erwiderte David verlegen. »Der bin ich tatsächlich. Frohe Weihnachten wünsche ich Ihnen. Das gehört jetzt zum Service. Ich hoffe, dass ich bis Neujahr überall gewesen bin.«

»Wunderbar!«, rief die Hausherrin, und ihr Gesicht glättete sich.

David setzte seinen Weg fort und klingelte an der nächsten Haustür. Die beiden Autos und der Bodyguard folgten ihm mit der gebotenen Langsamkeit und hielten den Abstand von vorhin ein, als sie stehen blieben.

Ein etwa sechsjähriges Mädchen öffnete die Tür.

»Hallo«, sagte David.

»Hallo. Singst du Weihnachtslieder?« Die Sechsjährige blickte erwartungsvoll zu ihm auf.

»Nein«, antwortete David. »Das tue ich nicht.«

»Oh, schade!« Das kleine Mädchen war tief enttäuscht. »Bei

uns war dieses Jahr kein einziger Weihnachtslied-Sänger. Mom sagt, es würden sonst immer Weihnachtslied-Sänger kommen.«

Zwei weitere traurige Kinder tauchten im Hausflur auf und sahen den Premierminister enttäuscht an.

»Na ja, ich meine, ich könnte vielleicht …« Er gab sich einen Ruck, räusperte sich und stimmte an: »Good King Wenseslas looked out …« Mit einer Handbewegung forderte er den Leibwächter auf, mitzusingen. »… on the Feast of Stephen …«

Erst nach einer Zugabe schaffte es das Duo aus Premierminister und Bodyguard, sich von den leuchtenden Kinderaugen loszureißen.

David klopfte an die nächste Haustür. Die junge Frau, die ihm öffnete, war ausnehmend hübsch, konnte Natalie seiner Meinung nach in puncto Liebreiz jedoch nicht das Wasser reichen. Er wusste nicht, dass der Name dieser Einwohnerin Mel Bennett lautete. Doch er nahm an, dass ihre feingliedrige goldene Halskette mit dem goldenen Herzen ein Weihnachtsgeschenk war.

»Bitte entschuldigen Sie die Störung«, sagte er. »Wohnt Natalie hier?«

»Nein, leider nicht«, antwortete Mel mit einem tiefen Augenaufschlag. »Ein Haus weiter.«

»Wunderbar!«, erwiderte David erfreut.

Mel sah ihn forschend an. »Sie sind doch nicht etwa der, von dem ich denke, dass Sie es sind?«

»Doch, ich fürchte, ja. Tut mir Leid, dass noch nicht alles hundertprozentig läuft. Das Gesundheitswesen ist wirklich der absolute Müll. Aber ich hoffe, es nächstes Jahr besser machen zu können.«

Mel brachte keine Antwort heraus. Sie blickte ihm nach, wie er zum Nachbarhaus ging. Ihre Augen wurden groß, als sie den

Leibwächter und die beiden Fahrzeuge sah – die Bestätigung dafür, dass sie nicht träumte.

Er zögerte nur einen Moment, dann drückte er den Klingelknopf. Es gab zu viele Zuschauer. Unsicherheit wäre das Letzte gewesen, was er sich jetzt leisten konnte.

Die Tür wurde sofort geöffnet.

Erstaunte Blicke trafen ihn, und er war nicht weniger erstaunt. Offenbar war es die ganze Familie, die sich im Hausflur versammelt hatte – mindestens sieben Personen, ausgehbereit in dicken Wintermänteln, mit Schals und Mützen.

Nur Natalie war nicht zu sehen.

»Guten Abend!«, begrüßte David die Front der Gesichter, die ihn anstarrten. »Ist Natalie da?«

Bevor jemand antworten konnte, kam sie aus einem Nebenzimmer.

»Wo ist mein verdammter Mantel?«, schimpfte sie. Im selben Augenblick sah sie den Besucher. Sie errötete ein wenig. »Oh, hallo.«

»Hallo«, erwiderte er und wusste nicht, was er weiter sagen sollte.

Natalie ging es ebenso. Deshalb überbrückte sie den Moment der Unsicherheit, indem sie ihre Familie vorstellte. »Das ist meine Mom, das ist mein Dad, mein Onkel Tony und Tante Glynne …«

»Freut mich, Sie kennen zu lernen«, sagte David.

»Und das ist …«, erklärte Natalie mit einer Handbewegung zu David hin, »der Premierminister.«

»Ja, Liebes«, sagte ihre Mutter. »Das können wir sehen.«

Ein paar Kinder liefen umher.

»Unglücklicherweise …«, Natalie sah David an, »sind wir ziemlich spät dran.«

»In der Schule ist ein Weihnachtskonzert«, erläuterte ihre

Mutter. »Wissen Sie, David, es ist das erste Mal, dass alle Schulen im Viertel sich zusammengetan haben. Sogar St. Basil's macht mit, obwohl die sonst …«

Natalie unterbrach sie. »Zu viele Einzelheiten, Mom.«

»Wie auch immer«, meldete sich ihr Vater zu Wort. »Was können wir denn für Sie tun?«

»Na ja …« David machte ein zerknirschtes Gesicht. »Eigentlich bräuchte ich Natalie … wegen … ein paar Staatsgeschäften.«

»Ja, sicher, klar«, antwortete ihr Vater. Er blickte auf seine Armbanduhr. »Na ja, vielleicht kannst du ja später nachkommen, Pummelchen.« Er verbesserte sich, als Natalie ihm energisch mit dem Ellbogen in die Seite stieß. »… äh, Natalie.«

»Nein«, wehrte David ab. »Also, hören Sie, ich möchte nicht, dass Sie das Konzert versäumen.«

»Ach, das macht überhaupt nichts«, entgegnete Natalie.

Ihre Mutter warf ihr einen mahnenden Blick zu. »Aber Keith wird sehr enttäuscht sein.«

Natalie hörte nicht hin. »Wirklich«, beteuerte sie. »Es macht wirklich nichts.«

»Für das Oktopus-Kostüm habe ich Monate gebraucht«, murrte ihre Mutter. »Acht Beine sind eine ganze Menge.«

»Hören Sie«, schlug David vor, an Natalie gewandt. »Ich könnte Sie doch hinfahren. Dann können wir unterwegs reden.«

»Okay«, sagte Natalie freudig und erwiderte seinen Blick voller Dankbarkeit.

Karen hatte sich ins Schlafzimmer zurückgezogen. Auf der Bettkante sitzend, hielt sie den Kopf gesenkt, und mit Tränen in den Augen hörte sie das erste Stück der Joni-Mitchell-CD.

Eine Träne rann über ihre Wange, und sie wischte sie mit

dem Handrücken weg. Sie wusste, sie würde nur noch eine Minute brauchen, um wieder zu funktionieren – so, wie man es von einer Hausfrau und Mutter an Heiligabend erwartete.

Es war ihr Los, das sie freiwillig gewählt hatte. Und nein, sie wollte sich nicht beklagen. Vor allem den Kindern konnte sie das nicht antun.

Noch bevor die Minute um war, stand sie auf, straffte die Schultern und checkte ihr Gesicht im Frisierspiegel. Sie versuchte zu lächeln, und es gelang. Nachdem sie ihr Make-up erneuert hatte, begab sie sich zurück ins Wohnzimmer – ins Familienleben, zu dem Umarmungen, Küsse und Kinderlachen gehörten – und ein gebrochenes Herz.

»Kommt, ihr Lieben!«, rief Karen schließlich. »Jetzt müssen wir aber los. Sonst kommen wir viel zu spät!«

Natalie, einer ihrer Brüder und der Leibwächter fuhren im Wagen des Premierministers mit. Der Streifenwagen hinter ihnen war voll gestopft mit dem Rest der Familie.

David war froh, dass Natalie wenigstens neben ihm im Fond saß. »Danke für Ihre Weihnachtskarte«, sagte er.

»Oh, die habe ich gern geschrieben. Ich dachte …« Natalie zögerte, überlegte, und dann sprudelte es aus ihr heraus: »Es tut mir ja so Leid, was an dem Tag passiert ist. Ich meine, ich kam in dieses Zimmer, und er hat sich an mich herangeschlichen. Ich war wie vor den Kopf gestoßen und habe einfach nur dagestanden. Immerhin ist er der Präsident der Vereinigten Staaten. Aber nichts ist passiert, das schwöre ich. Und ich habe mich so elend gefühlt, weil … Sie sind doch der Mann, den ich wirklich …«

»Wir sind da!«, rief ihr Bruder.

Der Fahrer trat auf die Bremse, und hinter der Limousine kam auch der Streifenwagen zum Stehen.

»Ich glaube, ich verabschiede mich jetzt lieber«, sagte David. »Das Letzte, was irgendjemand jetzt braucht, ist ein langweiliger Politiker, der den Kids die Schau stiehlt.«

»Müssen Sie wirklich weg?« Natalie sah ihn enttäuscht an.

»Ja. Obwohl ich sehr traurig sein werde, wenn ich jetzt wegfahren muss.«

»Warten Sie!«, rief Natalie. »Geben Sie mir nur *eine* Sekunde.« Bevor er etwas erwidern konnte, sprang sie aus dem Wagen.

Auf dem Parkplatz der Schule herrschte bereits Hochbetrieb. Autos kamen, füllten die Stellplätze, und winterlich gekleidete Erwachsene mit unförmig und bunt kostümierten Kindern strebten dem Eingang zu.

Auch Daniel und Sam waren dabei. Sam hielt ein Paar Schlagzeugstöcke in der verkrampften Hand, und sein Gesicht war angespannt vor Entschlossenheit.

John und Judy, die beiden Film-Doubles, gehörten ebenfalls zu der großen Schar, die sich auf das Schulgebäude zubewegte. John machte seine Studiopartnerin mit seiner Familie bekannt. Ein kleiner Neffe gehörte dazu.

»Er hat ein ziemliches Geheimnis daraus gemacht«, sagte Johns Bruder und sah Judy an. »Wo habt ihr beide euch denn kennen gelernt?«

»Hm ... na ja«, erwiderte Judy, wechselte einen Blick mit John und sagte dann: »Ich denke mal, ich mache auch ein Geheimnis daraus.«

Natalie kehrte zu der Limousine des Premierministers zurück und beugte sich in den Fond des Wagens. »Kommen Sie, wir können von hinter den Kulissen aus zusehen!«

»Okay.« David nickte und wandte sich an den Fahrer. »Terry, ich bin in einer Stunde zurück.«

David stieg aus, und der Leibwächter war sofort an seiner

Seite. Als Natalie sich ihm anschloss, blieb David noch einmal stehen.

»Es ist ziemlich wichtig, dass wir nicht gesehen werden«, sagte er. »Dies muss ein sehr privater Besuch bleiben.«

»Keine Sorge«, beruhigte ihn Natalie. »Dies war meine Schule. Ich kenne mich hier aus.«

Die Sprache der Liebe

Jamie lenkte seinen Wagen in eine schmale, ärmliche Straße in Marseille. Nur wenige Straßenlampen brannten; weite Teile der Bürgersteige lagen in völliger Dunkelheit. Trotzdem fand Jamie die Adresse, ohne suchen zu müssen. Er stieg aus, steuerte zielstrebig auf die Haustür zu und betätigte die Klingel.

Ein Mann von etwa sechzig Jahren öffnete. Seine hervorstechendsten Merkmale waren ein dichter schwarzer Schnauzbart und ein mächtiger Bauch. Über der schwarzen Hose trug er lediglich ein Unterhemd.

»Boa tarde, Senhor Barros«, sagte Jamie in seinem bestmöglichen Portugiesisch. *»Ich bin hier, um Ihre Tochter um ihre Hände in Heirat zu bitten. Ich hoffe, dass Sie mir Ihre Erlaubnis geben werden.«*

Senhor Barros' Miene hellte sich auf. *»Sie möchten meine Tochter heiraten?«*, wiederholte er ungläubig.

»Ja, ich will«, antwortete Jamie, als würde er schon vor dem Traualtar stehen.

Senhor Barros drehte sich um und rief in den Hausflur: *»Komm schnell her! Hier ist ein Mann an der Tür!«*

Hinten, im Halbdunkel, teilte sich ein Plastikvorhang. Die junge Frau, die zum Vorschein kam, war unglaublich dick und Senhor Barros wie aus dem Gesicht geschnitten. Die einzige Ähnlichkeit, die sie mit Aurelia hatte, war ihr schwarzes Haar.

Doch auch in dem Fall handelte es sich nur um eine entfernte Ähnlichkeit, denn das Haar der eilends herbeiwatschelnden Frau war strähnig und fettig.

»*Da ist sie. Sophia*«, erklärte Senhor Barros, bevor Jamie etwas einwenden konnte. Der Vater drehte sich zu seiner Tochter um. »*Er will dich heiraten.*«

»*Aber den habe ich noch nie gesehen!*«, erwiderte Sophia.

»*Macht nichts.*« Senhor Barros schüttelte den Kopf. »*Je eher ich dich aus dem Haus kriege, desto besser.*«

Sophia starrte ihn an. »*Du willst mich an einen völlig Fremden verkaufen?*«

»*Wer hat was von Verkaufen gesagt? Er kriegt von mir noch Geld dazu.*«

»Äh ... *entschuldigen Sie*«, verschaffte Jamie sich Gehör. »*Ich meine Ihre andere Tochter – Aurelia.*«

Senhor Barros machte ein betroffenes Gesicht. »*Oh, das tut mir Leid. Das war mein Fehler.*«

»*Jetzt verstehe ich!*«, kreischte Sophia aufgeregt. »*Das muss der Engländer sein, von dem sie dauernd geredet hat, bis ich's nicht mehr aushalten konnte und mir die Ohren wehtaten!*«

Senhor Barros beachtete sie nicht. »*Aurelia ist nicht zu Hause*«, erklärte er. »*Sie arbeitet. Ich bringe Sie hin. Du ...*«, er drehte sich um, »*bleibst hier.*«

»Oh!«, jammerte Sophia. »*Mach jetzt bloß keinen Fehler!*«

In den Korridoren hinter der Bühne herrschte Gedränge. Insbesondere die voluminösen, empfindlichen Kostüme sorgten immer wieder für Stauungen. Karen, Harry und die Kinder waren spät dran. Karen hatte Mühe, ihre Brut voranzutreiben.

»Du gehst schon mal zu unseren Plätzen im Zuschauerraum«, wies sie Harry an, und an die Kinder gewandt: »Los, bewegt euch, schnell.«

Während es Harry gelang, in einen Seitenkorridor vorzudringen, der zu den Publikumsrängen führte, kämpften Karen und die Kinder sich weiter voran.

Plötzlich stießen sie auf den Premierminister und seine Begleitung.

»David!«, rief Karen. Sie brauchte einen Atemzug, um die Überraschung zu überwinden. Dann schloss sie ihn in die Arme, presste ihn fest an sich. Ihre geschwisterliche Zuneigung war von einer Intensität, die David in Erstaunen versetzte.

»Hey, hey«, sagte er irritiert.

»Was zum Teufel machst du hier?«, fragte sie und löste sich von ihm.

»Na ja … nun …« Er lächelte verlegen.

Karen schüttelte verwundert den Kopf. »Ich sage der Sekretärin der Sekretärin deiner Sekretärin immer alle Termine, die bei uns familienmäßig laufen. Aber ich kann mich nicht erinnern, dass du auch nur ein einziges Mal wirklich aufgekreuzt wärst.«

»Also, das ist so …«, erläuterte er. »Es ist eine lange Geschichte, und ich wollte nicht, dass mich jeder hier sieht. Also muss ich mich einfach irgendwo verstecken und zuschauen.« Er strich dem Hummer und dem Engel über die Köpfe. »Viel Erfolg, Daisy! Viel Erfolg, Bernie! Ich habe von deinem Aufsatz gehört. Sehr amüsant!«

Bernie war eine Sekunde lang sprachlos. »Danke, Sir«, brachte er dann hervor.

»Eins muss ich dir sagen«, erklärte Karen an David gewandt. »Ich war noch nie so froh wie in diesem Augenblick, meinen dummen großen Bruder zu sehen. Ich danke dir.«

»Schon in Ordnung«, erwiderte er und deutete ein Schmunzeln an. Ihm wurde bewusst, dass er seine Höflichkeitspflichten vernachlässigte. Deshalb stellte er seine Begleitung vor, indem er eine Handbewegung zur Seite machte. »Das ist Gavin. Und das ... ist Natalie. Sie ist meine Managerin fürs Catering.«

Karen begrüßte die beiden. Zu Natalie sagte sie: »Passen Sie bloß auf, dass er sich nicht an Ihnen vergreift. Vor zwanzig Jahren wären Sie genau sein Typ gewesen.«

Sie lachten; auch Gavin, der Leibwächter, lachte mit.

»Ich werde sehr gut aufpassen«, versprach Natalie. Und an den Premierminister gewandt fügte sie hinzu: »Versuchen Sie bloß nichts, Sir – nur weil Sie vielleicht denken, es ist ja Weihnachten.«

Wieder brachen sie in Gelächter aus. Dann ertönte die Klingel. Die Aufführung würde in Kürze beginnen.

»O mein Gott!«, rief Karen aufgeregt. »Es geht los! Wir sehen uns später!«

»Vielleicht«, antwortete David. »Vielleicht.«

Karen umarmte ihn noch einmal und flüsterte ihm ins Ohr: »Danke dir, Premierminister.«

Er runzelte die Stirn – selbst dann noch, als Natalie ihn in die staubige Enge hinter der Bühne führte, wo jede Menge Seile und Flaschenzüge von der Decke hingen.

In den abendlichen Straßen von Marseille waren Senhor Barros und seine Tochter Sophia gemeinsam mit Jamie Bennett unterwegs. Sophia hatte sich einfach nicht abschütteln lassen. Das Wetter war mild, und so hielten sich viele Menschen noch im Freien auf.

»Du solltest lieber nicht Ja sagen, Vater«, keuchte Sophia, die Mühe hatte, mit den beiden Männern Schritt zu halten.

Seine Antwort war ein tiefes Grollen. *»Halt den Mund, Miss Schmalzkuchen Zweitausenddrei.«*

Sie kamen an einer Familie vorbei, die auf Stühlen vor dem Haus saß.

Sophia nutzte die Gelegenheit und rief gestikulierend: »*Vater ist gerade dabei, Aurelia als weiße Sklavin an diesen Engländer zu verkaufen!*«

Die Mitglieder der Familie waren geschockt, sprangen auf und schlossen sich den Barros' und ihrem zukünftigen Sklavenhalter-Schwiegersohn an. Eine Sensation wie diese durfte man sich auf keinen Fall entgehen lassen.

Auf der Bühne, in der Aula der Schule, erreichte das Krippenspiel seinen Höhepunkt. Alle Mitwirkenden waren versammelt, zeigten auf den Stern über Jesus und sangen den alten Perry-Como-Hit:

»Catch a falling star and put it in your pocket ...«

Mittelpunkt aller Aufmerksamkeit war das Jesuskind in seiner Krippe, mit Maria und Joseph und drei Engeln im Halbkreis dahinter. Zwei Engel sahen aus wie normale Engel, während der böse Bernard eher einem Straßen-Rapper glich, allerdings mit einem Heiligenschein. Den Rest der Bühnenfläche nahmen Kühe und Schafe und Unmengen von Meeresgetier ein – Hummer, Tintenfische, Pinguine, ein Oktopus, ein Blauwal und eine Gruppe von Delfinen.

Niemand bemerkte Natalie und den Premierminister hinter der Bühne. Beide unterdrückten ihre Aufgeregtheit, während sie durch einen Spalt in den Kulissen spähten.

Das Lied endete, und donnernder Applaus ertönte. Karen und Mr. Trench betraten die Bühne und nahmen am vorderen Rand Aufstellung. Karen wartete, bis der Beifall endete, um dann ihre kurze Ansprache zu halten.

»Vielen Dank. Bevor wir zum Finale kommen, möchte ich unserer Rektorin, Mrs. Monroe, im Namen aller Eltern Anerkennung und Respekt aussprechen – aber auch unser tiefes Mitgefühl. Wir glauben, dass es ausgesprochen tapfer von Mrs.

Monroe ist, an diesem Abend hier zu sein – angesichts ihres kürzlichen Verlustes. Geraldine war eine wundervolle Frau, und Sorgen sind besonders hart, wenn man sie zu Weihnachten ertragen muss …«

Karens Blick wanderte über die Publikumsreihen. Mrs. Monroe saß ganz vorn: Ihre Augen waren hinter einer dunklen Brille verborgen. Sie nickte höflich. Ganz in der Nähe saß Harry, der Sorgen-Verursacher.

»Nun also zum Highlight des Abends«, erklärte Karen und sah den Lehrer an ihrer Seite an. »Mr. Trench.«

»Ja«, sagte er. »Die drei oberen Klassen von St. Joseph werden jetzt ihren ausgewählten Weihnachtstitel zu Gehör bringen. Leadsängerin ist Joanna Anderson …«

Im Publikum hob Daniel Gilmore in gespannter Erwartung die Augenbrauen. Das war sie also – Sams Joanna.

»… den Begleitgesang leitet Joannas Mutter, die großartige Mrs. Jean Anderson«, fuhr Mr. Trench fort. »Einige Mitglieder des Kollegiums haben beschlossen zu helfen, und so bitten wir Sie, uns unsere Sünden zu vergeben. Vielen Dank.«

Nach einem kurzen Beifall wurde es erneut still. Das Lied begann in völliger Dunkelheit. Dann ertönte feines Geläut von kleinen Weihnachtsglocken. Ein kreisrundes Spotlight flammte auf und hinein trat die Leadsängerin.

Joanna war ein hinreißend schönes Mädchen schwarzer Hautfarbe – ein weiblicher Michael Jackson. In einem langsamen Auftakt, der dennoch furiose Explosivität ahnen ließ, vereinten sich Whitney Houston und Mariah Carey in der Gestalt von Joanna Anderson. Und ihr Text ging unter die Haut.

»I don't want a lot for Christmas … Ich wünsche mir nicht viel zu Weihnachten. Da ist nur Eines, was ich brauche. Mich kümmern die Geschenke unter dem Weihachtsbaum nicht. Ich will nur dich – für mich allein, mehr als du dir jemals vorstellen könntest. Lass meinen Wunsch Wirklichkeit werden, denn alles, was ich mir zu Weihnachten wünsche, bist du …«

Das Lied rührte Carla Monroe zu Tränen. Die Rektorin weinte, doch sie ließ ihren Tränen freien Lauf und wischte sie nicht weg. Denn sie wusste, dass sie sich unter Menschen befand, die mit ihr fühlten.

Mit einer Harmonien-Modulation ging das Lied auf der Bühne über in »All I Want For Christmas Is You«, im Original von Mariah Carey gesungen. Das Publikum war fasziniert; alle Blicke waren voller Bewunderung auf die schöne und hoch talentierte junge Sängerin gerichtet.

Aber auch Joannas musikalische Begleiter kamen nicht weniger gut bei den Zuschauern an. Am Piano saß der böse Bernie und grinste; er trug jetzt ein T-Shirt mit dem Aufdruck Hell's Angel.

Sams eher monotone Schlagzeugarbeit erinnerte auf einmal auf mitreißende Weise an Phil Spector. Und er setzte noch eins drauf, indem er in einer passenden Sequenz des Stücks jäh in eine Reihe von äußerst experimentellen Riffs ausbrach. Daniel war stolz auf seinen Stiefsohn, und als er einmal seinen Blick erhaschte, signalisierte er ihm mit einem Daumenzeichen die begeisterte Feststellung, »Sie ist die Richtige!« Sam nickte und lächelte voller geheimer Freude.

Die Leiterin der Backgroundsänger war eine starke Frau, wegen der Ähnlichkeit eindeutig als Joannas Mutter zu erkennen. Unterstützt wurde sie von einigen Lehrern, die mit ihr gemeinsam den großen Chor der Kinder leiteten. Es war ein überwältigendes, grandioses Finale. Die Eltern hielt es nicht mehr auf den Stühlen; zu den Ersten, die aufstanden, gehörte Joannas Vater. Auch Daniel und kurz darauf Harry klatschten ihren Beifall im Stehen. Nach einer Weile stand das gesamte Publikum, und der Beifall wollte kein Ende nehmen. John und

Judy waren die Ausgelassensten. Im Gang zwischen den Sitzreihen tanzten sie zum Rhythmus der Musik.

Hinter der Bühne war der Premierminister noch näher an die Kulissen getreten. Durch den Spalt beobachtete er die phänomenale Bühnenshow der begabten jungen Sängerin. Als sich jemand näherte, wich David zurück und versuchte sich zu verstecken, denn er war noch immer bemüht, auf keinen Fall gesehen zu werden.

Beim Zurückweichen in die Dunkelheit war auf einmal ein weicher, weiblicher Körper in seinem Weg. Noch nie war er auf eine so betörende Weise aufgehalten worden. Es war Natalie, die ihn in die Arme schloss. Und die Dunkelheit war kein Hindernis für ihre Lippen, zueinander zu finden.

Im Rampenlicht begann Joanna den letzten Refrain. »I don't want a lot for Christmas ...« Bei der Schlusszeile »... denn alles, was ich mir zu Weihnachten wünsche, bist du ... bist du ... bist du ...« zeigte sie nacheinander, aus einer schnellen Drehung heraus, mit ausgestrecktem Arm auf mehrere Jungen im Chor und dann – auf Sam.

Sam – auf der Bühne – und Daniel – im Publikum – hielten den Atem an. Der Traum schien in Erfüllung zu gehen. Dies schien der Augenblick zu sein, auf den sie gewartet hatten. Doch dann, unter den Rhythmus-Tupfern des verlängerten Schlusses, setzte Joanna ihre Drehung fort und zeigte auf den nächsten Jungen – und den nächsten. Sam senkte den Kopf. Sein Traum war zerplatzt wie eine Seifenblase.

Noch immer toste der Beifall. Die jungen Mitwirkenden auf der Bühne hatten Zeit, sich an der Begeisterung des Publikums zu weiden. Der böse Bernard beobachtete seinen Religionslehrer und war überzeugt, als Mr. Trench sich nach vorn beugte, hinter seinem Rücken eine leuchtend blaue Luftblase aufsteigen zu sehen. Bernie strahlte vor Freude.

Schließlich rieselte nachgemachter Schnee auf die Bühnenkinder herab, und die gesamte Kulisse wurde angehoben, um eine zweite Kulisse freizugeben – ein Winter-Wunderland, von den Kindern selbst gemalt. Große, schneeflockenartige Buchstaben wünschten »Frohe Weihnachten!«

Doch die absolute Krönung präsentierte sich in der Mitte der Bühne, vor der kindlich gemalten Winterlandschaft.

Dort standen eng umschlungen und in einen innigen Kuss versunken Natalie und der Premierminister und nahmen nicht wahr, dass sie aus der vermeintlichen Zweisamkeit hinter der Bühne plötzlich ins Licht der staunenden Öffentlichkeit geraten waren.

Die Zuschauer überwanden ihre Verblüffung. Fotokameras wurden gezückt, und ein wahres Blitzlichtgewitter ging auf das verliebte Paar nieder.

Erst jetzt merkten sie, was geschehen war. Erschrocken sahen sie sich an. Noch in Natalies Armen, wandte sich David zur Seite, zwang sich zu einem Lächeln und deutete eine Verbeugung an.

Sophia hatte immer mehr Menschen aufgehetzt, sich ihnen anzuschließen. Die Gruppe unter der Führung ihres Vaters war auf mehr als zwanzig Personen angewachsen, als sie die Hafengegend erreichten. Die abendlichen Lichter spiegelten sich auf dem Wasser. Auch die Schiffe, an Kais und Piers vertäut, waren hell erleuchtet.

Senhor Barros stapfte auf ein Restaurant zu, das unmittelbar an einem der Hafenbecken lag. Er riss die Tür auf, und mit ihm quoll die gesamte Menschentraube herein. Hinter ihm und dem Engländer, der so gern sein Schwiegersohn werden wollte, verteilten sich die Neugierigen um die Bar. Weiter hinten, am anderen Ende des großen Raumes, spielte eine dreiköpfige Kapelle.

Der Mann hinter der Theke war der Inhaber des Restaurants.

»*Wo ist Aurelia?*«, fragte Senhor Barros. Er legte seine Hand auf Jamies Schulter. »*Dieser Mann ist gekommen, um sie zu fragen, ob sie ihn heiraten möchte.*«

Der Restaurant-Inhaber erschrak. »*Aber das kann er doch nicht machen! Sie ist unsere beste Kellnerin!*«

»*Seien Sie nicht so selbstsüchtig*«, tadelte ihn Senhor Barros. »*Also – wo ist sie?*«

»Pah!«, machte der Inhaber und warf die Hände empor. »*Weshalb sollte es mich interessieren, ob sie hier weiter arbeitet oder nicht, die kleine Schlampe!*«

Senhor Barros wollte ihm die Meinung sagen, doch in diesem Augenblick erschien Aurelia. Sie kam aus der Durchgangstür zur Küche, beladen mit drei Tellergerichten. Es war, als würde sie einen Impuls spüren, denn nach drei Schritten blieb sie stehen, drehte sich langsam um – und erblickte Jamie.

Sie erstarrte, glaubte, ihren Augen nicht zu trauen. Dann, wie in Trance, stellte sie die Teller auf einem leeren Tisch ab, straffte die Schultern und strich sich die Haare aus der Stirn.

Jamie sah sie zum ersten Mal mit Make-up. Sie war noch schöner als er sie in Erinnerung hatte. Es war Schwindel erregend. Er hatte das Gefühl, den Verstand verlieren zu müssen.

»Boa noite, Aurelia«, sagte er mechanisch.

»Boa noite, Jamie«, erwiderte sie, gleichfalls unnatürlich förmlich.

Dann brachten sie beide kein Wort mehr hervor.

»*Nun machen Sie schon, Mister*«, drängte Senhor Barros.

Jamie nickte und schluckte trocken hinunter. Dann trug er sein Anliegen vor – auf Portugiesisch, wie er es nach seinen Abendkursen tausend Mal geübt hatte. Für ihn klang es einfach perfekt.

»Wunderschöne Aurelia«, erklärte er. *»Ich bin hier gekommen mit einer Aussicht, dich zu fragen, mich zu heiraten. Ich weiß, ich scheine eine wahnsinnige Person, weil ich dich kaum kenne. Aber ma- ma- manchmal sind die Dinge so Durchsichtigkeit, dass sie keinen Beweis brauchen. Ich würde sehr geehrt sein, wenn du mit mir Hochzeit machen würdest. Ich würde hier wo- wo- wohnsitzen, oder du könntest mit mir kommen und in England wohnsitzen.«*

»Mädchen, du musst auf jeden Fall nach England gehen«, rief Sophia dazwischen. *»Da triffst du vielleicht Prinz William, und dann kannst du* ihn *heiraten.«*

»Schhh!«, machte Senhor Barros und brachte seine schwerere Tochter mit einer unwilligen Handbewegung zum Verstummen.

Jamie ließ sich nicht aus dem Konzept bringen und fuhr fort: *»Natürlich erwarte ich nicht, dass du so dumm bist wie ich, und na- na- natürlich ich Vorhersage, dass du Nein sagst. Aber es ist Weihnachten, und ich wollte nur … herausfinden.«*

Aurelia konnte ihn nur ansehen. Ihre Augen leuchteten, doch sie bekam kein Wort heraus.

»Um Himmels willen!«, rief Sophia beschwörend. *»Sag Ja, du dürre Idiotin!«*

Aurelia und Jamie sahen sich noch eine Weile stumm in die Augen. Dann, weil auch sie die Muttersprache des Menschen gelernt hatte, den sie liebte, antwortete sie in stark gebrochenem Englisch:

»Du danke. Das wird nett sein. Ja ist lautend meine Antwort. Einfache Frage.«

»Was hast du gesagt?«, wollte ihr Vater wissen.

»Natürlich Ja«, antwortete Aurelia auf Portugiesisch.

Die Zuschauer klatschten Beifall und stimmten begeisterte Rufe an.

»Du hast Englisch gelernt?«, staunte Jamie, der nach wie vor nur Augen für Aurelia hatte.

»Nur für alle Fälle«, antwortete Aurelia in seiner Sprache. Sie lächelte verschmitzt.

Weitere Worte waren nicht möglich. Die Kapelle spielte einen Tusch, und unter lauten Freudenausbrüchen wurden Aurelia und Jamie von der gesamten portugiesischen Gemeinde Marseilles umarmt und geküsst. Auch Aurelias Schwester ließ es sich nicht nehmen, ihrem künftigen Schwager einen dicken Kuss auf die Lippen zu drücken.

Ein Kreis bildete sich, als die Kapelle ein halb schwermütiges und halb heiteres portugiesisches Stück spielte. Es war eine Melodie im Dreivierteltakt, die südländischer und romantischer klang als der gewohnte mitteleuropäische Walzer. Aurelia und Jamie schlossen sich gegenseitig in die Arme und fühlten sich, als würden sie auf Wolken schweben, während sie in ihre gemeinsame Zukunft tanzten.

Im Schulkorridor herrschte nach der Aufführung ausgelassene Stimmung. Anspannung und Lampenfieber waren von allen abgefallen. Heitere Stimmen hallten durch das große Gebäude.

Sam war der Einzige, der nicht glücklich aussah. Er kam mit hängenden Schultern auf seinen Stiefvater zu.

»Hey!«, rief Daniel aufmunternd. »Klasse Show! Klasse Schlagzeug!«

»Ja, danke«, brummte Sam. »Trotzdem hat der Plan nicht funktioniert.«

»Dann sag's ihr.«

»Was?« Sam sah ihn an und zog die Augenbrauen zusammen. »Was soll ich ihr sagen?«

»Sag ihr, dass du sie liebst.«

»Ausgeschlossen!«, entfuhr es Sam. »Außerdem fliegen sie heute Abend sowieso ab.«

»Umso besser«, erklärte Daniel beharrlich. »Du hast nichts zu verlieren. Und du wirst es für alle Zeiten bereuen, wenn du es ihr nicht sagst. Ich habe es deiner Mom nicht oft genug gesagt. Ich hätte es ihr jeden Tag sagen sollen – weil sie an jedem Tag perfekt war. Du hast all die Filme gesehen, mein Junge. Deshalb weißt du, dass es nicht vorbei ist, bevor es vorbei ist.«

Sams Gesicht strahlte mittlerweile statt tiefer Traurigkeit helle Begeisterung aus. »Okay, dann lass es uns tun, Dad. Lassen wir alles raus, was wir an Liebe drauf haben!« Ihm fiel etwas ein. »Warte einen Moment, ich bin gleich wieder da.« Er wandte sich ab, lief los und verschwand in einem Kunstunterrichts-Raum auf der anderen Seite des Korridors.

Daniel drehte sich um und stieß mit einer Frau zusammen.

»Oh, entschuldigen Sie!«, rief sie. »Ich bin eine dumme, blinde Kuh.«

Daniel starrte sie an, als hätte er ein Wesen von einem anderen Stern vor sich. Sie hatte einen Jungen an der Hand, war offensichtlich also eine Mutter mit einem Sohn. Vor allem aber sah sie aus wie – Claudia Schiffer. Auf eine unerklärliche, übernatürliche Weise sah sie wahrhaftig aus wie Claudia Schiffer. Jede Einzelheit stimmte – die Augen, die Haarfarbe, das Gesicht, die Figur. Dabei war sie eine sehr selbstsicher wirkende junge Londoner Mutter.

»Ist schon in Ordnung«, brachte Daniel unter großer Anstrengung hervor. »Es war mein Fehler.«

»Nein, war es nicht«, widersprach sie sanft und doch mit Bestimmtheit. »Sie sind Sams Vater, nicht wahr?«

»Ja. Na ja – Stiefvater. Ich heiße Daniel.«

»Ich bin Carol.« Sie strich dem Jungen an ihrer Seite übers

Haar. »Tommy war zweiter Trompeter. Louis Armstrong müsste sich in Acht nehmen, wenn er noch leben würde.«

»Gut gemacht, junger Mann«, lobte Daniel den Kleinen. »Obwohl ich Chet Baker vorziehen würde.«

Er sah Carol an, und sie erwiderte seinen Blick. Es wurde ein langer, tiefer Blick, der gar nicht mehr enden wollte.

Carol brach schließlich das Schweigen. »Sam ist ein großer Sportler, nicht wahr?«

»Ja.« Daniel nickte und schmunzelte. »Aber deshalb hat er trotzdem keinen Schlag bei den Mädchen.«

Carol seufzte. »Wir sind ein sehr einfältiges, oberflächliches Geschlecht.«

Sam tauchte aus dem Klassenzimmer auf und lief auf Daniel zu. »Okay, ich bin wieder da.«

Daniel sah noch immer seine neue Bekanntschaft an. »Ja ... nun, ich hoffe, wir sehen uns mal wieder, Karen.«

»Carol«, verbesserte sie lächelnd. »Ich werde dafür sorgen, verlassen Sie sich drauf.«

»Ja, gut«, antwortete Daniel. »Frohe Weihnachten.« Er kam sich so einfältig vor, wie sie es vorhin von sich selbst behauptet hatte.

»Sag es ihr«, forderte Sam ihn auf, als sie voneinander weggingen.

»Was?«, erwiderte Daniel begriffsstutzig.

Sam zeigte auf die Frau, die wie Claudia Schiffer aussah.

»Ach, sei nicht so ein Arschloch«, knurrte Daniel.

Doch er drehte sich noch einmal um, und im selben Moment drehte auch sie sich noch einmal um. Ihre Blicke trafen sich, und sie wussten beide, dass es um sie geschehen war.

Gemeinsam mit ihren Kindern gingen auch Karen und Harry den Korridor entlang, auf den Ausgang zu.

»War ich fantastisch?«, fragte Bernie.

»Es war das großartigste Klavierspiel, das ich jemals gesehen habe«, antwortete Karen. »Und ich habe mal Rachmaninow spielen sehen.«

Harry lächelte ihr zu, und sie lächelte zurück. Sie setzten ihren Weg fort, und Karen blickte nach vorn, während die Kinder vorausliefen.

»Du hast jemandem eine goldene Halskette zu Weihnachten geschenkt«, sagte Karen tonlos. »Ich hoffe, du hast ihr nicht auch dein Herz geschenkt.«

Harry erbleichte. »Karen …«, hauchte er. Mehr konnte er nicht sagen. Nicht in diesem Augenblick.

»Da ist sie!«, rief Sam, kaum dass sie den Schulhof erreicht hatten.

Joanna stieg in eine große Limousine. Die Tür klappte zu, und der Wagen fuhr sofort los.

»O Gott«, sagte Sam und blickte den Rückleuchten nach, wie sie in der Ausfahrt verglühten.

»Wir können es schaffen«, erklärte Daniel. »Ich kenne eine Abkürzung – kompliziert, aber sehr raffiniert.«

Er ergriff Sams Hand, und sie rannten zu seinem Wagen. Sekunden später kreischten die Reifen, als er losjagte. Sam hielt sich fest, obwohl er den Sicherheitsgurt angelegt hatte.

Daniel holte alles aus seinem Wagen heraus. Auf der wilden Fahrt durch die abendlichen Straßen Londons kamen Sam und er an verschiedenen Häusern vorbei, in denen Menschen wohnten, von denen sie beide nichts wussten und in deren Leben dennoch die Liebe eine entscheidende, wenn auch höchst unterschiedliche Rolle spielte.

Daniels Wagen jagte durch ein Villenviertel. Die herrschaftlichen Häuser hatten große, festlich beleuchtete Fenster. Hinter einem saß Joe Alstyne in seinem Wohnzimmer. Er hatte eine Flasche Champagner geöffnet, und er trank sie allein. Während er trank, sah er sich Billys Videoclip an. Joes Füße wippten im Takt, denn er war noch heute der Billy-Mann-Fan, der er immer gewesen war.

Daniels Wagen passierte einen großen weißen Gebäudekomplex. In einem der Stationszimmer des Hospitals saßen Sarah und ihr Bruder in völliger Stille. Er blickte zum Fenster hinaus; sie hielt seine Hand.

»Ich liebe dich, Michael«, sagte sie.

Es dauerte eine Weile, ehe er antwortete.

»Ich weiß«, sagte er. Und nach einem Moment: »Aber es hilft nicht.«

»Ich weiß«, erwiderte Sarah und strich ihm zärtlich über das Haar.

Daniels Wagen raste durch eine Vorortstraße, in der sich das Haus des frisch vermählten Ehepaars Juliet und Peter Murray befand. Juliet und Peter sahen fern; es lief *Bodyguard* mit Kevin Costner und Whitney Houston.

Plötzlich klingelte es an der Tür. Juliet und Peter wechselten einen unwilligen Blick, dann übernahm sie es, nachzusehen. Sie verließ das Wohnzimmer, durchquerte den kleinen Flur und öffnete.

Vor ihr stand Mark.

»Oh, hallo!«, sagte sie überrascht.

Er hatte einen Stapel großer weißer Karten bei sich, wie Bob Dylan in seinem berühmten Video. Mark hatte die Karten mit dickem schwarzem Filzstift beschriftet. Auf der ersten las Juliet:

SAG, ES SIND WEIHNACHTSSÄNGER

»Wer ist da?«, rief Peter aus dem Wohnzimmer.

»Es sind Weihnachts-Sänger«, antwortete Juliet.

»Gib ihnen einfach ein Pfund, und sag ihnen, sie sollen sich verpissen!«

Mark bückte sich und drückte auf die Play-Taste eines Radiorecorders, der neben seinen Füßen stand. »Stille Nacht« ertönte, ausgesprochen schlecht gesungen von Kinderstimmen. Juliet wurde bewusst, dass er seinen Auftritt offenbar bis ins Detail geplant hatte.

Er zeigte ihr die Karten, eine nach der anderen, jeweils lange genug, damit sie die Beschriftung lesen konnte.

MIT EIN BISSCHEN GLÜCK WERDE ICH NÄCHSTES JAHR ... MIT EINEM DIESER GIRLS GEHEN

Auf die nächste Karte waren Fotos der vier schönsten Models der Welt geklebt. Es folgten weitere Schriftkarten.

ABER ERST MAL LASS MICH SAGEN
OHNE HOFFNUNG ODER VORSÄTZE
NUR WEIL WEIHNACHTEN IST
UND MAN ZU WEIHNACHTEN DIE WAHRHEIT SAGT:
FÜR MICH BIST DU PERFEKT
UND MEIN VERLORENES HERZ WIRD DICH LIEBEN ...
BIS DU SO AUSSIEHST

Es folgte eine Fotokarte, die Mutter Teresa zeigte. Mit ernster, fast gemeißelt wirkender Miene zückte Mark die nächste Textkarte.

INZWISCHEN – FÜR DICH

Er hob eine Schachtel auf und gab sie ihr.

NICHT EINER – SONDERN ZWEI

Juliet öffnete die Schachtel und erblickte zwei Banofee-Pies. Sie schloss die Augen, denn es brach ihr fast das Herz. Als sie die Augen wieder öffnete, sah sie die letzte Karte.

FROHE WEIHNACHTEN

Mark blieb so ernst, wie er die ganze Zeit gewesen war, machte das Daumenzeichen und nahm den Radiorecorder auf. Dann wandte er sich ab, und während er ging, wurde auch »Stille Nacht« leiser.

Plötzlich, als er schon den Bürgersteig erreicht hatte, spürte er eine Berührung an seiner Schulter. Er drehte sich um. Juliet war ihm gefolgt, den Plattenweg durch den Vorgarten entlang. Sanft und ohne ein Wort küsste sie ihn auf den Mund. Er lächelte zum ersten Mal. Dann wandte er sich ab und ging endgültig.

»Genug«, murmelte er. »Nun ist es aber genug.«

John brachte Judy bis zur Haustür. Ihr erstes Rendezvous ging zu Ende, und sie waren beide immer noch nervös wie Teenager.

»Ich glaube, ich gehe jetzt lieber rein«, sagte Judy. »Meine Mom und mein Dad ...«

»Ja, es ist ein bisschen kalt, nicht wahr?« John lächelte unsicher. »Sag mal, wie wär's, wenn ich dich morgen anrufe?«

»Das wäre schön.«

»Oh, großartig. Wirklich großartig.« Er richtete zittrig den Daumen auf. »Also, dann gute Nacht.«

»Gute Nacht«, erwiderte Judy. »Es war ein schöner, wunderschöner Abend.« Verschmitzt zeigte sie mit dem Finger auf ihn. »Alles, was ich mir zu Weihnachten wünsche, bist du.«

Beide lachten andeutungsweise. Dann beugte Judy sich vor und gab ihm einen scheuen aber zärtlichen Abschiedskuss.

Sie schlüpfte ins Haus und schloss die Tür. Er drehte sich um, ging die Eingangsstufen hinunter – und machte vor Freude einen Luftsprung.

Der Videorecorder spielte zum dreiundzwanzigsten Mal Billys Videoclip, als es klingelte. Joe stemmte sich aus seinem Sessel, schlurfte aus dem Zimmer, die Treppe hinunter, öffnete die Haustür – und war von den Socken.

»Was zum Teufel machst du hier?«, rief er beinahe vorwurfsvoll. »Du müsstest doch auf Elton Johns Party sein.«

»Ja«, antwortete Billy. »Da war ich auch. Ein oder zwei Minuten. Dann hatte ich eine Erkenntnis.«

»Ist nicht wahr!« Joe grinste. »Komm rein. Und was für eine Erkenntnis war das?«

»Es hatte mit Weihnachten zu tun«, antwortete Billy, während sie nach oben gingen.

»Aha, du hast erkannt, dass es ›all around‹ ist.«

»Nein. Ich habe erkannt, dass Weihnachten eine Zeit ist, in der man mit den Menschen zusammen sein sollte, die man liebt.«

»Stimmt«, sagte Joe.

Sie erreichten den oberen Treppenabsatz und blieben vor dem Wohnzimmer stehen.

»Und ich habe erkannt«, spann Billy seinen Faden weiter, »dass ich nach allen Irrungen und Wirrungen die Mitte Fünfzig erreicht und, ohne es richtig mitzukriegen, die meiste Zeit meines Erwachsenenlebens mit einem pummeligen Angestellten verbracht habe. Und so sehr ich es auch bedaure, das sagen zu müssen, es könnte sein, dass der Mensch, den ich liebe – du bist.«

Joe war perplex. »Also, das ist jetzt eine Überraschung.«

»Ja, kann ich mir denken.«

Joe schüttelte den Kopf. »Zehn Minuten mit Elton John, und du bist so schwul wie ein Maibaum.«

»Nein, nein, ich meine es absolut ernst«, erklärte Billy. »Ich habe Eltons Partybude und eine ganze Menge dürftig angezogener Girls verlassen, um mit dir zusammen zu sein. Zu Weihnachten.«

Joe begriff. »Also, Bill – ich bin gerührt.«

Billy grinste. »Es ist ein furchtbarer, schrecklicher Fehler, Dicker. Aber du entpuppst dich als die gottverdammte Liebe meines Lebens.«

»Ich werd nicht mehr«, flüsterte Joe.

»Und um ehrlich zu sein«, fügte Billy hinzu, »trotz meiner ständigen Meckerei war es ein wunderbares Leben.«

Joe war nun zutiefst berührt. »Mann, ich danke dir«, sagte er leise. »Es war eine große Ehre für mich. Ich bin sehr stolz.« Er wollte Billy die Hand schütteln.

»Himmel, nun sei nicht so ein Blödmann«, grollte der Rocksänger und schloss seinen Manager in die Arme. »Komm«, sagte er dann, »jetzt besaufen wir uns und sehen uns Pornos an.«

Nach Heathrow der Liebe wegen

Daniel fuhr auf seiner Abkürzung weiter in Richtung Heathrow Airport. Er kam an einem großen Bürokomplex vorbei, dessen Räume menschenleer waren. Nur die Notbeleuchtung brannte in den einzelnen Stockwerken und verlieh dem Inneren des Gebäudes eine geheimnisvolle mitternächtliche Stimmung.

Etwas geschah im Fairtrade Office. Das Schwarz-Weiß-Poster an der Wand hinter Sarahs Schreibtisch veränderte sich. Der Afrikaner und das Feld mit seinen zerstörten Pflanzen nahmen gedämpfte Farben an.

Der Afrikaner begann, sich zu bewegen. Eine schöne Frau trat zu ihm ins Bild. Beide sprachen Kisuaheli, ihre Muttersprache.

»Komm«, sagte die Frau. »Es gibt nichts mehr, was du noch tun kannst.«

»Ich habe das Gefühl, dich im Stich gelassen zu haben«, erwiderte er.

Sie schüttelte sanft den Kopf. »Sei nicht albern. Solange ich dann und wann dieses breite Grinsen auf deinem hässlichen Gesicht sehe, ist für mich alles in Ordnung.«

Er grinste. Es war ein breites Grinsen, und sein Gesicht war so hässlich, wie sie es beschrieben hatte.

»Wir werden fortgehen müssen«, sagte er.

»Wenn es sein muss, muss es sein«, antwortete sie. »Die Dinge könnten schlimmer sein. Du hättest meine Schwester heiraten können, und wir alle wissen, wie langsam sie geht.«

Er lachte, und sie küsste ihn. Als sie sich zum Gehen wandten, erschien auch ihr Sohn im Bild, und er ergriff die Hand seines Vaters.

Daniel und Sam erreichten Heathrow Airport, und es kam ihnen vor, als wäre seit ihrer Abfahrt vom Schulhof die halbe Nacht vergangen. Bei der Parkplatzsuche hatten sie Glück. Daniel fand eine freie Bucht ganz in der Nähe des Eingangs der Abflughalle. Doch wenig später, nachdem sie hineingestürmt waren, verließ sie das Glück auch schon wieder.

»Tut mir Leid«, sagte der uniformierte Beamte am Schnellabfertigungsschalter vor den Gates. »Ohne Boarding-Karte kann ich Sie nicht durchlassen.«

»Können Sie denn nicht eine Ausnahme machen?«, flehte Daniel ihn an. »Nicht mal dann, wenn es darum geht, dass jemand seiner großen Liebe Auf Wiedersehen sagen möchte?«

»Nein«, antwortete der Beamte energisch.

Ein anderer Passagier kam dazu.

»Bitte Ihre Boarding-Karte, Sir«, sagte der Uniformierte. Es irritierte ihn offenkundig, dass der hoch gewachsene Mann und sein Sohn sich nicht wegschicken ließen.

»Einen Moment«, bat der neue Passagier und suchte in seinem Jackett. »Ich weiß, dass ich sie hier hatte. Ach, könnten Sie das mal eben halten?« Er übergab dem Beamten sein Handgepäck und einen Mantel und suchte weiter. »So, dann wollen wir doch mal sehen …«

Sam erkannte blitzschnell seine Chance. Der Uniformierte konnte ihn vorübergehend nicht mehr sehen, weil der relativ große Handkoffer und der Mantel die Sicht auf ihn versperrten.

Und Sam handelte kurz entschlossen. Er sprintete los, was seine Beinmuskeln hergaben – vorbei an dem Gate-Beamten, der ihn nicht mal sofort sah.

»Ja!«, rief Daniel begeistert und feuerte seinen Sohn an. »Lauf, Junge, lauf!«

»Tut mir Leid«, sagte unterdessen der Passagier und nahm sein Gepäck und den Mantel zurück. »Ich muss die Karte liegen gelassen haben, als ich eine Tasse Kaffee getrunken hab.« Er wandte sich zur Seite und ging mit einem Lächeln davon.

Er war der Schutzengel Rufus, doch Daniel kannte ihn nicht. Daniels ganze Aufmerksamkeit galt Sam; deshalb bemerkte er auch nicht, dass Rufus nur wenige Schritte entfernt einfach verschwand.

Unterdessen brach auf der anderen Seite der Abfertigungsschranke die Hölle los. Sam rannte durch die Sicherheitssperre und löste wilde Alarmrufe aus. Uniformierte nahmen die Verfolgung auf. Sam wich Leuten aus, die ihm im Weg standen, er sprang auf ein Gepäck-Förderband, rannte darauf entlang, sprang wieder hinunter – und war plötzlich von Sicherheitsbeamten umzingelt.

Doch seine Sportlichkeit war der große Trumpf, den er jetzt ausspielte. Wie ein Torwart beim Elfmeter taxierte er seine Möglichkeiten. Mit untrüglichem Gespür spähte er die Lücke zwischen zwei Uniformierten aus, die die größte war. Und bevor sie sich auf ihn stürzen konnten, schlüpfte er hindurch – mit einem Sprung, der so rasant ablief, dass sie ihn nicht einmal mit Blicken verfolgen konnten.

Und weiter ging die wilde Jagd – durch Gänge und Korridore des Flughafens. Immer wieder musste Sam neuen Hindernissen und grimmig entschlossenen Security-Leuten ausweichen. Dann aber, endlich, erblickte er Gate 36.

Als er in den Warteraum rannte, kam er gerade noch rechtzeitig, um Joanna und ihre Eltern zu sehen, wie sie den Durchgang zum Flugzeug betraten. Doch ein breitschultriger Wachmann und eine Stewardess versperrten Sam den Weg. Schon wollte er aufgeben und seine Schritte verlangsamen, da blickten der Wachmann und die Stewardess auf einmal zur Seite – auf einen Fernsehbildschirm neben dem Durchgang. Beide lachten.

Es lief eine Fernsehsendung mit Billy Mann. Der alternde Rockstar sang seinen Weihnachts-Hit und begann, sich auszuziehen. Zunehmend nackt absolvierte er seinen Auftritt mit »Christmas Is All Around«.

Sam nutzte die unerwartete Chance und schlüpfte zwischen den völlig Abgelenkten hindurch. Vor ihm war nun nur noch der lange, schlauchartige Gang – und Joanna.

»Joanna!«, rief er und ging langsam auf sie zu, als sie stehen blieb und sich umdrehte.

»Sam?« Voller Erstaunen sah sie ihn an.

»Ich dachte, du weißt gar nicht, wer ich bin«, erwiderte er.

»Klar weiß ich das. Du bist der Typ, der diese tollen Handstände macht – und so super Schlagzeug spielt.«

Joannas Vater kam hinzu. »Du bist der Schlagzeuger?«

Sam nickte.

»Unglaublich«, rühmte ihn Joannas Dad.

Auch ihre Mutter war nun zur Stelle. »Das ist wirklich wahr«, bestätigte sie. »Du bist ein unglaublich guter Schlagzeuger, mein Junge.«

»Was machst du hier?«, fragte Joanna.

»Ja, also ...«, stammelte er. Im selben Augenblick dröhnten Schritte in den Gang. Erschrocken drehte er sich. »O Gott!«, rief er.

All seine Verfolger waren da, kamen rasend schnell näher.

»Ich muss abhauen«, erklärte er hastig. »Hier, nimm dies.

Du weißt, was es bedeutet. Denk an Klasse zwei B.« Er griff in seine Hosentasche und nahm eine Hand voll Sternenstaub heraus – kleine Glitzerkörner, wie man sie auf Klebstoff rieseln ließ, um Weihnachtsdekorationen zu basteln. Er gab ihr den Sternenstaub in die Hand, wirbelte herum – und rannte los.

Mit großen Augen blickte Joanna ihm nach, wie er seinen Verfolgern geschickt auswich. Im nächsten Moment, als alle kehrtmachten, setzte ein wüstes Durcheinander ein, und sie behinderten sich gegenseitig. Sam nutzte seine Chance und gewann einen ordentlichen Vorsprung. Gleich darauf war er nicht mehr zu sehen.

Joanna lächelte zufrieden.

»Nun komm, Jo«, sagte ihr Vater.

Sie gehorchte, doch auf dem ganzen Weg zum Flugzeug betrachtete sie den Sternenstaub in ihrer Hand. Sie wusste, was Sam gemeint hatte, denn sie erinnerte sich an das Lied, das die Klasse zwei B gesungen hatte. Es klang in ihr nach.

»Catch a falling star and put it in your pocket, save it for a rainy day …«

Inzwischen spurtete Sam durch die Sitzreihen des leeren Wartesaals, die Verfolger zwar im Nacken, aber noch nicht bedrohlich nahe. Bis zur Mitte des Saals schaffte er es, doch dann prallte er jäh zurück.

Aus dem Eingang, ihm entgegen, quollen Uniformierte über Uniformierte. Sie schwärmten aus wie ein Trupp Infanterie, und mit Triumphgeschrei schlossen die Verfolger hinter ihm auf. Im Handumdrehen wurde er von der Übermacht umzingelt. Diesmal konnte er machen, was er wollte, es gab keinen Ausweg mehr. Selbst seine Sportlichkeit nützte ihm nun nicht mehr das Geringste.

Im eisenharten Griff der Wachmänner wurde er abgeführt – zu jener Schnellabfertigung, hinter der sein Dad auf ihn wartete. Mit ermahnenden Worten wurde er in die väterliche Obhut entlassen. Sam ging auf Daniel zu, und die Häscher wichen zurück.

In diesem Augenblick tippte jemand auf Sams Schulter.

Er drehte sich um, rechnete mit einer weiteren Strafpredigt.

Doch vor ihm stand Joanna.

Sie sah ihn nur an, und ehe er seine Überraschung überwinden konnte, küsste sie ihn auf die Wange. Dann wich sie zurück, drehte sich um und rannte davon.

Sam stand mit offenem Mund da und blickte ihr nach, bis er sie nicht mehr sehen konnte. Dann, als er herumwirbelte und zu seinem Dad lief, erschien auf seinem Gesicht ein triumphierendes Lächeln. Er machte das Siegeszeichen, und Daniel hob ihn hoch und drückte ihn fest an sich.

Aus Sams Tasche rieselte Sternenstaub, und in seinen Gedanken tauchten die Worte von »Catch A Falling Star« auf …

»… denn die Liebe könnte kommen und dir auf die Schulter tippen – in einer sternenklaren Nacht – und nur für den Fall, dass du sie dann festhalten möchtest – hast du eine Tasche voller Sternenlicht …«

Einen Monat später ...

Am Ankunfts-Gate von Heathrow Airport herrschte das übliche Stimmengewirr der versammelten Wartenden. Viele waren Fahrer von Firmenwagen, die kleine Schilder mit Namen darauf in der Hand hielten. Doch ebenso viele Menschen warteten auf ihre Freunde.

Dann wurde die Tür geöffnet, und die ersten ankommenden Passagiere wurden mit Freudenrufen und Umarmungen begrüßt.

Billy Mann trat durch die Türöffnung; seine Begleiterin war eine große, schöne Blondine. Joe Alstyne lief auf ihn zu, und nach Schulterklopfen und lautstarker Begrüßung nahm er Billy das Gepäck ab und küsste die Hand der Blondine.

In der Schar der Wartenden standen auch Daniel und Sam. Carol, die wirklich wie Claudia Schiffer aussah, gesellte sich zu ihnen und drückte Daniel den Becher Kaffee in die Hand, den sie gerade für ihn besorgt hatte.

Zu den Wartenden gehörte auch Tony Frazer. In dem nun anschwellenden Strom der eintreffenden Passagiere hatte er die bekannten Gesichter nicht sofort bemerkt. Auf einmal standen sie neben ihm und berührten ihn an der Schulter. Verdutzt drehte er sich um.

Judy und John standen mit ihrem Gepäck vor ihm. Die beiden waren das personifizierte Glück.

»Hey!«, rief John. »Was machst du denn hier?«

»Oh – ich warte nur auf einen Freund«, antwortete Tony. »Und was ist mit euch?«

Judy hob die Hand und drehte zur Antwort ihren Verlobungsring am Finger. Ihre Augen leuchteten, als sie einen Blick mit John wechselte.

Als Harry aus der Ankunftshalle kam, konnte er niemanden entdecken. Enttäuscht blieb er stehen, sah sich suchend um. Erst jetzt gelang es Karen, sich einen Weg zu bahnen und aus den hinteren Reihen der Wartenden nach vorn zu schlüpfen. Ihr Lächeln, mit dem sie Harry begrüßte, hatte etwas Pflichtbewusstes.

Mit Karen kamen auch die Kinder nach vorn, um ihren Dad zu empfangen. Sie trugen ein Schild mit der Aufschrift »Willkommen zu Hause, Dad«. Es schien der Grund dafür zu sein, dass Bernie noch mürrischer aussah als gewöhnlich.

Peter und Juliet waren da, um Jamie zu begrüßen – und seine künftige Frau, die schwarzhaarige Schönheit Aurelia.

»Hier ist sie also«, verkündete Jamie stolz. »Das ist Aurelia.« Ihr erklärte er: »Und das sind Peter und Juliet.«

»Willkommen in unserem bitterkalten Land«, sagte Peter zur Begrüßung.

»Oh, und Mark!«, rief Jamie. »Dich habe ich gar nicht gleich gesehen.«

»Ja, ich dachte, ich schau mal mit vorbei«, erwiderte Mark und schob sich nach vorn. Er hatte ein Stück abseits gewartet, hinter dem befreundeten Ehepaar.

»Jamies Freunde sind so gut aussehend«, stellte Aurelia begeistert fest. »Das hat er mir nie erzählt. Ich glaube jetzt, habe vielleicht die falsche Wahl gemacht, habe den falschen Englischmann ausgesucht.«

»Sie ka- ka- kann noch nicht richtig Englisch sprechen«, sagte Jamie rasch. »Genau genommen weiß sie gar nicht, was sie sagt. Sie meint es im Grunde überhaupt nicht so, wie sie es sagt.«

Seine Worte gingen im Lachen der Freunde unter.

Auf einmal tauchte auch Joanna in der Reihe der Ankommenden auf. Sam bahnte sich einen Weg nach vorn, lief auf sie zu und wollte sie in die Arme schließen. Doch einen Schritt vor ihr besann er sich darauf, dass das für den Anfang vielleicht zu übertrieben gewesen wäre. Deshalb ergriff er lediglich ihre Hand und schüttelte sie wie wild.

Tony hatte sich nach vorn durchgekämpft und entdeckte schließlich Colin, den Amerika-Touristen der Liebe wegen. Colin hielt triumphierend den Daumen hoch und deutete hinter sich ins Gedränge.

Gleich darauf erschien seine neue Freundin in der breiten Türöffnung. Sie sah aus wie ein berühmter amerikanischer Filmstar.

»Das ist Harriet«, erklärte Colin mit vor Stolz geschwellter Brust.

»Hallo, Harriet«, sagte Tony und hörte sich ein wenig reserviert an.

»Hi!«, erwiderte sie. »Freut mich, dich kennen zu lernen.«

Colin klopfte ihm auf die Schulter. »Na, und wie ist es dir ergangen, alter Verlierer?«

Tony lächelte matt. »Na ja, ein bisschen hiervon, ein bisschen davon. Im Grunde – ein bisschen einsam.«

»Hervorragend.« Colin nickte erfreut. »Hör mal, wir könnten nicht vielleicht ein oder zwei Tage bei dir pennen?«

»Doch, ich denke schon«, antwortete Tony zögernd. »Obwohl ... du weißt, ihr werdet die Couch nehmen müssen. Ich habe ja nur das eine Bett.«

»Tja ...« Colin kratzte sich am Hinterkopf. »Da gäb's noch ein kleines Problem.«

»Was?« Tony sah ihn an und begriff nicht.

»Also, die Sache ist die, Tony«, erklärte Harriet und produzierte einen verlegenen Kleinmädchen-Augenaufschlag. »Ich weiß, es ist wirklich ungezogen von mir – wirklich frech und unerhört –, aber ich habe auch noch meine Schwester Laura mitgebracht.« Sie deutete mit dem Daumen über ihre Schulter.

»Oh«, erwiderte Tony und machte ein unglückliches Gesicht.

In dem Menschengeschiebe aus der Zollkontrolle erschien ein weiterer Schwindel erregend schöner amerikanischer Filmstar.

»Nun, sie ist meine Halbschwester«, murmelte Harriet.

»Ah, verstehe«, sagte Tony unsicher.

Laura kam auf ihn zu. »Hallo! Du musst Tony sein.« Bevor er etwas erwidern konnte, küsste sie ihn auf den Mund.

»Ja ... ja, ich bin ... Tony Frazer«, stotterte er. »Hi.«

»Ich habe schon gehört, dass du richtig gut aussiehst«, strahlte Laura ihn an.

»Ja, nun, willkommen in England«, erwiderte Tony. »Ich freue mich, dass ihr bei mir wohnen werdet. Keine Eile, was anderes zu suchen. Ich hoffe, ihr werdet mit den Schlafgelegenheiten zufrieden sein.« Er sah Colin an. »Und? Wie war Amerika?«

»Einfach großartig«, antwortete Colin.

Bewegung geriet in die Menschenmenge, als der Premierminister mit seinen Bodyguards erschien. Er war ebenfalls in der Maschine geflogen. Die Wartenden bereiteten ihm einen jubelnden Empfang. Erst nach einem Moment gelang es Natalie, zu ihm durchzudringen. Als sie die Arme um seinen Nacken schlang und er sie an sich zog und küsste, zuckten die Blitzlichter von mindestens fünfzig Paparazzi, die auf eben diesen Moment gelauert hatten.

»Himmel, du wiegst aber ganz schön viel«, flüsterte David in Natalies Ohr.

»Ach, halt die Klappe«, flüsterte sie zurück. »Wenn du dir die Sorgen der ganzen Nation auf die Schultern laden kannst, wirst du ja wohl auch noch so ein Fliegengewicht wie mich tragen können.«

Und dann gehörte die Szene den unterschiedlichsten Paaren und Gruppen von Menschen, die sich beim Wiedersehen in die Arme fielen und herzten und küssten und voller Zuneigung und wärmster Gefühle füreinander waren. David sah es im Weggehen, während er seinen Arm um Natalies Hüfte legte, und es erfüllte ihn mit tiefer Freude. Es war genau das, was er sich immer so gern vorstellte, und er wusste nun, dass er Recht gehabt hatte mit dem, was er im Fernsehen gesagt hatte:

»Die Liebe ist überall. Oft ist sie nicht ausgesprochen würdevoll oder erwähnenswert, aber sie ist immer vorhanden. Und wenn Sie darauf achten, werden Sie feststellen, dass die Liebe tatsächlich allgegenwärtig ist …«

Aus folgenden Liedern wurde in diesem Buch zitiert:

»All I Want for Christmas Is You«: Mariah Carey / Walter Afanasieff, Gary John Carolla.
»All You Need Is Love«, The Beatles / John Lennon, Paul McCartney.
»Bye Bye Baby, (Baby Good-Bye)«: Bay City Rollers, Frankie Valli & The Four Seasons / Bob Gaudio und Bob Crewe.
»Catch A Falling Star«: Perry Como / Vance, Pocris.
»Good King Wenceslas«: Loreena McKennitt / John Mason Neale.
»Joanna«: Scott Walker / Tony Hatch, Jacki Trent.
»Love Is All Around You«: Wet Wet Wet / The Trogs.
»Up Where We Belong«, Joe Cocker, Jennifer Warnes / Wilbur Jennings, Jack Nitzche, Buffy Sainte-Marie.
»You Don't Have to Say You Love Me«, Dusty Springfield / Dusty Springfield.

JUNGE AUTORINNEN BEI GOLDMANN

Freche, turbulente und umwerfend komische Einblicke in die Macken der Männer und die Tricks der Frauen.

44687

43584

43619

54135

GOLDMANN